거리에서,
문득

거리에서,
문득

조규찬 에세이

안나푸르나

지난 한 해에는 기차와 버스를 많이 탔다. 내가 몸담고 있는, 대전의 우송정보대 실용음악과에서 강의를 하기 위함이었다. 방학을 제외하고는, 매주 화, 수, 목요일에 출퇴근을 했으니, 꽤 긴 시간을 길 위에서 보낸 셈이다. 한동안은 작곡이나 작사, 음악 감상에 그 시간을 썼다. 생각이 정체될 때면 차창 밖을 내다보곤 했는데, 기차 안에서 내다보는 풍경은, 버스 안에서 바라보는 거리의 모습은, 나로 하여금 무언가를 그리워하게 했다. "그게 뭐냐 하면, 바로 이겁니다." 하고 내밀어 보여줄 수 있는 것은 아니었지만, 내 안에 들어온 그 '무언가'를 누군가에게 말하고 싶었다.

이 책에 담긴 이야기는, 때로는 내밀한 감정이던, 때로는 금세 증발해버렸을지도 모를 잡념이던, 조규찬이라는 사람의 내면을 촬영한 스냅샷이다. 한밤의 천둥소리에 놀라서 깨어났을 때 내 곁을 지켜주시던 아버지처럼, 나를 들여다 봐 주려는, 나의 말을 들어주려는 당신에게 고맙다는 말을 하고 싶다.

차례

가족과
일상

같은 하늘
아래

거리에서, 문득

길 위에서, 조규찬입니다

조규찬, 인사드립니다

안녕하세요, 조규찬입니다.

지금 아이디를 하나 만들었어요.

친구에게 물었더니, 요즘은 '트위터' 같은 SNS가 소통의 대세라고 하면서 그것이 가지는 효율성을 강조하더군요.

대략적인 설명을 듣다 보니, 그 파급력과 지나친 속도에 숨이 차오르는 것을 느끼게 되었습니다.

시간 여행자가 미래의 어느 시점에 뚝 떨어져서 마주하는 문화적 충격과 다를 바 없는 버거움이었습니다. 아직 제게는 그 메커니즘을 받아들일 시간이 필요할 거란 생각이 듭니다.

"아… 그리운 아날로그 세상이여."

FLORIDA SCENIC
HIGHWAY
FLORIDA KEYS
SCENIC HIGHWAY
BEGIN
1
NORTH
BYWAYS
MILE
0

살아가는 일

휴대폰의 알람 소리에 눈을 뜬다. 잠들기 전에도 했던 샤워를 새삼스레 또 한다. 샤워를 마친 뒤, 수건걸이의 하얗고 마른 수건을 챙긴다. 샤워 부스 안의 따뜻한 수증기 속에서 몸의 물기를 닦아낸다. 온수의 열기를 몸에 지닌 채로 양치를 한다. 그리고 면도를 한다. 찬물로 얼굴을 헹구고 적당히 물기를 제거한 뒤, 레몬 향의 스킨로션과 또 다른 레몬 향의 보습로션을 바른다. 수건걸이에 걸어둔 속옷과 잠옷을 걸치고 젖은 머리를 수건으로 다시 한 번 잘 닦는다. 욕실을 빠져나와 옷장 앞으로 간다. 하얀 셔츠와 검은 바지를 입는다. 짙은 회색의 양말도 신는다. 아침밥을 거르고, 찬물을 한 잔 마신 뒤, 휴대폰과 지갑과 자동차 열쇠를 챙겨서 집을 나선다.

지히 주차장에 세워둔 자동차에 올라 시동을 걸고, 예열이 끝나면 브레이크 페달을 밟고 기어를 드라이브 위치에 놓는다. 가속페달을 밟아 차를 움직여서 아파트를 빠져나온다. 교통신호의 지시에 따라 가고 서는 일을 반복하며 자하문 터널과 광화문과 시청과 남산 3호 터널을 지나 반포대교를 건넌다. 강남역 교보타워에 인접한 고속도로 진입로를 통해 경부고속도로에 오른다. 그 길로 달리다가 만남의 광장에 들러 주유를 하고, 곧바로 도로에 오른다. 얼마 가지 않아 서울 톨게이트에 당도한다. "통행권을 뽑아 가십시오."라고 안내해주는 기계 같은 사람 목소리를 들으며 통행권을 뽑는다. 그로써 본격적으로 경부고속도로를 달리기 시작한다.

죽전, 안성, 입장, 천안, 청원, 죽암, 신탄진, 옥천, 금강, 황간, 그리고 추풍령 휴게소가 있는 지점들을 통과하여 김천 톨게이트에 다다른다. 고속도로 이용료 1만 1천 원을 치르고 김천에 들어간다. 자동차는 김천대학교 앞을 지나 봉계라는 마을에 접어든다. 아직 1980년대의 모습을 상당 부분 간직한 시골 풍경을 배경으로 마을의 좁은 차도를 달린다. 두 갈래로 뻗은 길이 나타나면 왼편의 길을 선택한다. 길은 이제 더 좁아지고 노면은 비포장도로처럼 거칠어진다. 얼마 가지 않아 왼편에 작은 돌다리가 하나 나온다. 개울을 건너게 해 주는 자동차 한 대 폭의 좁고 짧은 다리다. 그 다리를 건너 완전한 비포장도로의 오르막에 오른다. 소나무들과 기와집을 끌어안은 돌담길이 자동차의 양 옆을 스쳐 지나간다. 막다른 길에 다다르면 주차를 한다.

차에서 내려서, 막다른 길 끝에 위치한 한옥(주거 목적이 아닌 창녕 조씨의 종중을 위해 지어진)의 커다란 나무 대문을 지나 정원의 연못을 가로지르는 돌다리를 건넌다. 오랜 세월에 낡았지만 위엄 있는 한옥을 마주 보며 그 건물의 오른쪽으로 걸어가면 산으로 이어지는 길이 나타난다. 사람들의 발자욱으로 만들어진 길을 따라 산을 오르면, 목적지인 내 엄마와 아버지의 산소에 이른다. 모양새가 흐트러진 산소와 그 주변에 무성히 자라난 잡초들이 무심한 세월을 말해 준다. 나는 잡초들을 뿌리째 뽑는다. 그리고 산소의 여기저기 내려앉은 부분들에 흙을 다시 얹어 메운 뒤, 그것이 비바람에 견딜 수 있도록, 있는 힘껏 꾹꾹 눌러 다진다. 부모님을 기리며 묵념을 하고 산을 내려온다.

자동차에 올라 역순의 여정을 시작한다. 차가 막히는 구간에서는 휴식을 취해야겠노라며 가장 먼저 나타나는 휴게소에 들어간다. 차를 세우고 화장실에 들른다. 손을 씻고 식당가에 들어선다. 주문 카운터 앞에 서서 라면을 주문하고 값을 치른다. 주문 번호가 알림판에 '딩동' 하고 뜨면, 음식이 담긴 쟁반을 테이블로 가져와서 배를 채운다. 먹는 일을 마친 뒤, 쟁반을 반납한다. 음수대에 가서 파란빛을 쬐고 있는 컵을 하나 꺼낸다. 그리고 물을 따라 마신다. 어딘가를 떠나온, 혹은 어딘가를 향하는 인파를 헤치고 주차해둔 차에 오른다. 시동을 걸고 서서히 출발한다. 주유소가 보인다. 연료의 잔량을 살피며 들를까 잠시 고민하지만, 그냥 고속도로에 올라 속도를 높인다. 그러나 과속은 하지 않는다.

라디오를 켠다. FM 주파수 97.3을 선택한다. 거기에서 나는 물 없이 입안에 털어 넣은 미숫가루 같은 토론 프로그램을 만난다. 토론 주제 외에는 슬픔도 아픔도 없어 보이는, 무언가에 관해 확신에 찬 목소리들이다. 자동차의 속도감에 무뎌질 즈음, 도로 위의 차선이 광선이 되어 내 차를 향해 쏟아지는 것 같은 착각이 들 즈음, 서울 톨게이트에 도착한다.

도로 이용료를 지불하고 서울에 들어선 나는, 언젠가 엄마와 함께 아버지의 산소에 다녀오던 날을 떠올린다.

그날 엄마는 당신께서 영면하실 곳을 아버지의 산소 옆으로 정하여두었다는 말씀을 하셨다. 나는 그 얘기가 너무나도 갑작스러울 뿐더러 피부에 와 닿지 않는, 일어나지 않을 일에 관한 어떤 막연한 선언 같은 것이라고 느꼈다. 그래서 귀담아 듣지도 않았다. 하지만 나와 함께였던 그날의 엄마는, 오늘, 그곳에 남으셨다. 나를 혼자 돌려 보내셨다.

 거리에서, 문득

어느새, 한강 다리를 건너 남산터널을 통과한 나의 차는 도시의 불빛들을 뒤로하며 집으로 날 데려간다. 집이 있는 아파트에 도착하고 지하 주차장에 주차를 한다. 차에서 내려서 지갑에서 카드 키를 꺼낸다. 입구의 센서에 그 카드 키를 대고 자동문이 열리면 아파트 건물에 들어선다. 엘리베이터에 올라, 가고자 하는 층의 숫자를 누르고, 허공을 본다. 엘리베이터가 '팅' 하는 벨소리와 안내 방송으로 도착을 알린다. 내리자마자 오른쪽으로 보이는 내 집의 현관문 앞에 선다. 전자식 자물쇠의 커버를 밀어 올리고 비밀번호와 별표를 누른 뒤, 다시 커버를 밀어 내려 닫는다. '띠디디' 신호음과 함께 문이 '철커덕' 열리면 집으로 들어선다.

나는 옷을 벗어서 빨래 바구니에 던져 넣고 욕실에 들어간다. 거울에 비친 내 모습을 우두커니 보다가 샤워기를 튼다. 따뜻한 물에 머리가 충분히 젖으면 시원한 향의 샴푸로 머리를 감는다. 다음으로 몸을 씻고 세면대 앞에서 양치를 한다. 텁텁한 바깥 시간을 씻어 주는 치약 향 덕분에 피로가 조금 가신다. 깔깔하고 보송보송한 수건으로 머리와 몸의 물기를 닦아내고 욕실을 나선다. 잠옷을 찾아 입고 거실의 소파에 '털썩' 앉는다. 탁자 위의 리모트컨트롤러를 집어 들어 텔레비전을 켠다. 뉴스 채널을 선택하여 무심히 그 내용을 따라간다. 그러다가 졸고 있는 나를 발견한 나는 텔레비전을 끈 뒤 방으로 들어간다. 달빛인지 조명인지 모를 빛이 불 꺼진 방의 천정과 벽에 스며든다. 나는 침대에 누워 잠든 아이와 아내의 낮은 숨소리를 들으며 한동안 천장을 바라본다. 그리고 잠이 든다.

돌아가신 아버지를, 그리고 돌아가신 엄마를 만나고 오는 길은 믿기 어려울 정도로 일상적이다. 살아남는 일은, 살아가는 무정함을 딛고 서는 것인가 보다.

 거리에서, 문득

단조로운 일상은 없다

이삿짐을 정리하다 보니 상당히 많은 쓰레기가 나왔다. 스티로폼도 그렇고, 에어캡—일명 '뽁뽁이'라고 알려진, 깨지기 쉬운 물건의 완충 포장에 쓰이는 물건—도 그렇고, 두 통이 올 정도로 많은 양이 쏟아져 나왔다. 하지만 내 가족의 소중한 물건들이—타지에서의 시간과 추억이 스며 있다는 점에서—그 긴 바닷길을 견디도록 도와준 그들의 노고를 생각해본다면, 그들을 너무 쉽게 '쓰레기'라고 부르는 것은 왠지 모르게 비도덕적인 행위인 것처럼 느껴졌다. ("뭘 그렇게까지"라고 하실지 모르지만, 잠시 양심의 가책[?]까지도 느꼈답니다. 그렇잖아요. 입장 바꿔서 생각해보세요. 주어진 임무를 치열하게 수행하고서 초췌해진 어느 날, 이제는 더 이상 쓸모없는 '쓰레기'로 취급되는 그들의 심정은 어떨까에 대해서 말이죠. 그런 식의 감정은 아마도 그들이 만들어진 이래로 한 번도 겪어본 적이 없는 배신감일 겁니다.) 무엇보다도 그 부피를 줄이기 위

하여 에어캡의 공기층을 발로 밟아 터뜨리는 일에 관해서
는, 그것이 지금 내가 그들을 대함에 있어서 가장 망설여지
는 일이어야 한다는 생각이 들기도 했다. 그럼에도 불구하
고, 나는 그들을 무참히 밟아 터뜨렸다. 아니, 밟아 '터뜨려
야만' 했다. 그것이 나에게는 해야 할 일인 동시에, 그들에게
는 숙명이자 언젠가는 겪어야만 하는 소멸에의 수순이었기
때문이다.

납작해진 그들을 쓰레기 종량제 봉지에 담기 시작할 즈
음 초인종이 울렸다. 현관문을 열자 관리실 직원이 '비장한'
표정으로 서 있었다. 그는 마치 중세의 어느 전장에 서 있는
장수 같아 보였다. 어떤 면에서 그의 표정은 시대를 잘못 만
난 것에 대한 불만을 담고 있는 듯했다. 나는 그의 육중한 체
격과 강인한 턱을 보며, 내가 그와 마주 서게 된 시간과 장소
가 2014년의 어느 아파트 현관 앞이라는 사실이 나에게는
다행일지도 모른다는 생각을 문득 했다. 내가 용건을 묻기
도 전에 그는 짜증스러운 톤으로 말문을 열었다.

"오늘 짐 들어왔죠? 거, 쓰레기 내놓으실 때 재활용 안 되
는 것들까지 박스들 속에 그냥 막 넣어서 내놓으면 안 되는
거 아시죠? 그냥 막 그러면 안 돼요. 저번에도 저어쪽 아랫
집 입주할 때 그런 식으로 내놓아서 수거해 가는 사람들이

나한테 와가지고 얼마나 뭐라고 ## ## 하는지, 그거 뒷정리 하느라 얼마나 애먹었는지 몰라요."

내가 고개를 끄덕이며 잘 알겠다고 대답하자, 그는 무언 가에 실망한 것 같은 표정으로 돌아갔다. 나는 멈춰졌던 나의 일—납작해진 에어캡을 쓰레기 종량제 봉지에 담는 일—을 다시 이어갔다. 생각 외로 봉지가 많이 쓰였다. 그래서 가장 큰 규격의 봉지와 20리터짜리 봉지를 더 사야 하는 상황이 되었다. 나는 집으로부터 그리 멀지 않은 슈퍼마켓으로 차를 몰았다. 문을 열고 들어서자, 주인으로 보이는 아주머니가 정면의 계산대에 앉아서 나를 물끄러미 바라보았다. 가게 안에는 나와 아주머니뿐이었으므로 분위기가 상당히 차분(?)했다.

아주머니는 권태로운 하루의 어느 지점에서 사람이 보일 수 있는 전형적인 눈빛으로 나를 응시했다. 거기에는 "어서 오세요."라든가 어색한 분위기를 만들지 않기 위해 선택할 수 있는 시선 회피따위는 없었다.

"안녕하세요. 쓰레기 종량제 봉지 어디 있어요?" 내가 물었다.

"몇 리터짜리요?" 그 아주머니가 되물었다. 그러고는 원래의 시선을 다시 끄집어내어 내게 내려놓았다. 나는 20리터짜리 봉지 한 묶음과 가장 큰 사이즈의 봉지 두 개를 낱개로 살 수 있겠냐고 물었다. 아주머니는 대꾸 없이 그것들을 꺼내어 계산대 위에 툭 던져놓았다. 지갑을 열어보니 현금이 없었다. 그래서 카드를 꺼내려는데 아주머니의 단호한—선언하는 듯한—반응이 돌아왔다.

"카드는 안 받아요."

그러고는 다소 격앙(?)된 목소리가 이어졌다.

"이거는 수수료 빼고 나면 우리도 남는 거 하나도 없어요. 그러니까 어디 은행 가서 현금을 빼 오든가 하세요."

그러는 동안 아주머니의 표정에서는 다음과 같은 꾸지람도 동시에 들려왔다.

"사람이 양심이 있어야지, 남는 것도 없는 쓰레기 봉지나 달랑 사면서 무슨 카드를 내밀어? 나 원, 참."

나는 잠시 후에 다시 오겠다고 한 후 가게를 빠져나왔다. 그리고 현금 지급기를 찾아 집으로부터 '조금 더 멀리'에 있는 은행으로 차를 몰았다. 좁은 골목 사이의 그리 크지 않은 상가 건물에 위치한 그 은행은 지상 주차장이 없었다. 자동차 한 대가 겨우 통행할 수 있는 정도의 건물 뒷골목으로 돌아들자, 지하 주차장으로 들어가는 입구가 나왔다. 그 옆에 관리인으로 보이는 이가 뒷짐을 지고서 내 차를 예의주시하는 중이었다. 차창을 내리고 은행 현금 지급기를 쓰려고 한다고 하자, 그가 물었다.

"얼마나 걸려요?"

"한 10분 정도요?" 내가 대답했다. 그리고 물었다.

"주차권은 아래에서 주차하고 받을까요?"

그러자 그는 저 멀리 어딘가로 시선을 내려놓으며 대답했다.

"괜찮으니까 빨리 갔다 와요."

나는 은행 방문자에게는 주차비를 받지 않기 때문에 그런가 보다, 생각하며 지하에 주차를 했다. 그런데 주차 시간이 예상보다 조금 더 길어져서 20분가량이 걸렸다. 현금 지급기를 이용하려는 사람들이 의외로 많았고, 돈을 찾은 후 바로 옆 건물에 있는 분식집에서 떡볶이도 사서 포장했기 때문이다. 지하의 주차장으로 나가는 복도 출구 앞에 그 관리자가 앉아 있었다. 나는 "감사합니다."라고 인사하며 그의 앞을 지나 자동차를 향했다. 예상보다 길어진 주차 시간 때문에 미안했지만, 별 말을 하지 않기에, 30분까지는 은행 방문으로 인정되는가 보나라고 생각하며 차에 올랐다.

떡볶이 봉지를 조수석에 놓고 시동을 거는데, 차창을 두드리는 소리가 들려왔다. 주차 관리인이었다. 내가 차창을 내리자 그가 주변을 두리번거리며 내게 넌지시 물었다.

"그냥 가시려고?"

"네?" 내가 되물었다.

"꽤 오래 계셨네?" 그분이 추궁하듯 물으셨다.

"아, 네. 아까 괜찮다며 주차권을 주지 않으셔서 저는 괜찮은 줄 알았네요. 그럼 어떻게 하면 될까요?"

내가 대답하며 묻자, 그가 여전히 뒷짐을 진 채 주변을 둘러보며 말했다.

"2천 원."

나는 지갑에서 천 원짜리 두 장을 꺼내어 그에게 건넸다.

'차라리 주차권을 주셨으면 확인 도장이라도 찍어 왔을 텐데….' 하는 생각이 잠시 들었지만, 그냥 그가 원하는 대로 하기로 했다.

지폐들을 주머니에 집어넣는 그를 사이드미러에 집어넣고 점점 작아지다가 사라지게 한 후, 나는 가게에 다시 들러 쓰레기 봉지를 손에 넣었다. 주인아주머니는 높낮이 없는 목소리로 내게 인사했다.

"안녕히 가세요."

나도 인사했다.

"안녕히 계세요."

나는 아파트의 입구에 도착하여 자동차 진입로의 차단 막대 앞에 차를 세웠다. 이사 온 지 얼마 되지 않은 관계로 주차 관리실에 내 자동차가 아직 등록되어 있지 않았기에, 나는 "##동 입주자인데요, 아직 자동차가 등록되어 있지 않습니다."라고 설명했다. 관리자는 자동차 등록증을 가지고 와서 등록하라는 당부를 했다. 나는 "알겠습니다."라고 대답한 후 입구를 통과하여 자동차를 아파트 주차장 안으로 몰았다. 그 관리자는 요 며칠 내게 똑같은 상황에서 똑같은 당부를 이미 세 번 했음을 기억하지 못하는 것 같았다. 하지만 내 자동차가 미국에서 타던 차를 가져온 것이기 때문에 자동차 검사와 등록에 시간이 걸리고 그 후에나 정식 번호판을 받을 수 있어서, 그 전까지는 등록증을 줄 수가 없다는 긴 설명을 할 엄두가 나지 않았다.

어느 특징 없는 오후에 집 근처에서 쓰레기 종량제 봉지와 약간의 떡볶이를 사는 일을 우습게 본다면, 그것은 오산이다. 어찌 보면, 내가 시금 '무엇을 하고 있느냐'보다는, 그 일이 '어떻게 이루어지느냐'에 삶을 지루하지 않게 하는 묘미가 있는 것이 아닌가 하는 생각이 든다.

잠시 멈춰서다

이른 아침, 1711번 버스를 탄다. 거리에서는 아직 깊은 밤의 찬 기운이 여전히 맹위를 떨치고 있지만, 버스에 오른 나는 얼마 지나지 않아 그 시니컬함을 털어낼 수 있게 된다. 안전을 위하여 버스가 완전히 정차한 뒤 하차할 것을 당부하는 안내 방송은 듣기가 좋다. 예전 같았으면 그런 안내 방송도 없었을 뿐더러 대부분의 사람들이 내리는 문 앞에 미리 서 있었겠지만, 이제는 우리나라도 '빨리빨리'로 먼저 연상되는 곳이 더 이상은 아님을 보여주는 좋은 예가 이런 것이 아닐까 하는 생각에 격세지감(?)도 든다.

서울역 버스 승강장에 '버스가 완전히 정차한 뒤' 내린다. 역사로 오르는 계단의 초입에 참새들이 "찹찹" 소리를 내며 '총총' 걷고 있다. 기다려주는 사람(사랑)이 없는 누군가가 갈 곳을 모르고 서성이는 일이 유독 많이 일어나는 곳이 거기임을 알기에, 이 작은 새들은 그들만의 경쾌함과 맑음으

  거리에서, 문득

로 묵은 겨울밤을 그렇게 씻어낸다.

몇 계단 오르지 않아서 나는 무언가 깨달은 듯 "아!" 하며 잠시 멈춰 선다. 서울에서 참새를 보는 것이 꽤 오랜만이라는 사실도 그렇지만, 언젠가부터 자취를 감춘 제비가 떠오르기 때문이다. 얼기설기 전선이 엉켜 있는 골목마다 곡예하듯 날아다니던 그들의 부드러운 날렵함. 아무리 생각해봐도 어느 계절을 지난 후부터는 본 기억이 없다. 꿀벌이 사라지는 것을 지구 종말의 전조라고 하며 모두들 심각한 표정으로 서로를 마주 보고 있는 동안, 제비는 어디론가 떠나버렸다. 그(그녀)가 이 도시를 포기했을지도 모른다는 사실을 누구도 말해주지 않는다. 사람들은 하나같이 고개를 숙인 채 스마트폰—혹은 그와 유사한 어떤 것—만을 뚫어지게 응시할 뿐이다. 그들은 어쩌면 더 이상 어떤 새에 관한 추억이 필요 없는지도 모른다. "지지배배"라는 의성어가 무엇을 표현하는 것인지를 인터넷 검색을 통해 배우게 될 도시의 어린이들에게 미안한 마음을 보낸다. 그렇게 서울역의 계단을 다시 오른다.

 거리에서, 문득

겨울

가을이 시작되는 어느 날 아침. 세안을 하고서 머리카락을 손으로 쓸어 넘기다가 나는 깜짝 놀랐다. 불과 몇 개월 전까지만 해도 한두 가닥 보이던 흰머리가 이제는 뭉치로 보였기 때문이다. 전에는 그저 새치일 뿐이라고 나 자신에게 우겼지만, 더 이상 나에게는 그럴 수 있는 명분이 사라졌음을 확인한 순간이었다. 이제 겨우 조금씩, 아주 조금씩 음악에 대해 알아가는 것 같은데, 벌써 나의 몸은 겨울을 향하기 시작했다는 생각을 하자니 어쩔 수 없는 서글픔이 엄습해왔다. 그리고 그런 생각 끝에 언젠가 생의 마지막 겨울에 계셨던 아버지의 모습이 떠올랐다. 병원에 입원하시기 전, 아버지는 나와 형들, 누나와 여동생에게 말씀하셨다.

"내 안에 있는 음악에 관한 지식을 지금 너희에게 그대로 담아줄 수 있다면 얼마나 좋을까."

그때의 나는 아직 어렸기 때문에, 그렇게 말씀하시는 아버지의 마음이 얼마나 절실한 것인지를 미처 헤아리지 못했다. 하지만 시간이 흐르면 흐를수록, 그분의 눈빛과 음성이 조금씩 잊혀져갈수록, 그 말씀 안에 담겨 있었을 자식에 대한 애처로움이 점점 더 선명해져 옴을 느끼게 된다. 누군가의 자식이었던 나는, 이제 누군가의 아버지가 되어 있다. 그리고 늘어가는 흰머리를 보며, 내 아버지가 그러셨던 것처럼, 나의 자식이 언젠가는 겪어야 하는 아버지의 부재를 걱정하고 있다.

나는 가끔 나의 나이를 믿지 못한다. 거리를 걷다가도 길을 잃은 것 같은 느낌이 든다. 어린이가 된다. 그럴 때의 나는 모퉁이를 돌아 엄마와 아버지가 기다리고 계신 집으로 들어가야 할 것 같은 느낌에 사로잡히기도 한다. 아버지는 흑백 텔레비전으로 권투 중계를 보고 계시고, 엄마는 부엌에서 콩나물국을 끓이며 날 기다리시는 집, 그 집으로.

흰머리가, 늙어간다는 게, 삶의 겨울이 두려움을 부정하고 싶지는,않다. 그렇지만 그것은 견뎌낼 수 있다. 다만, 아들이 애처롭다. 그의 곁을 영원히 지키지 못할 숙명이 아쉽고 또 아쉽다. 아들을 사랑하는 마음이 매일 커져가는 만큼, 그의 눈에서 언젠가는 흐르게 될 한 줄기 눈물이 걱정된다.

이데아

주말 내내 앓았던 몸살이 아직도 낫지 않았다. 출근 전까지는 괜찮아지길 바랐는데, 그게 그렇게 호락호락하지 않다. 아마도 오랜 시간 내게 혹사(?)당한 나의 몸이 시위를 벌인 것인지도 모르겠다. 여기서 더 밀어붙이다가는 무슨 일이라도 날지 모르겠다는 위기감 때문이리라. 아닌 게 아니라, 몸살 하나 왔다고, 내 몸은 주말 내내 집 안에 꼭꼭 숨어 있었다.

하지만 사람들은 그 사실을 알 리가 없다. 그러므로 나의 '숨어 있기'가 성공적이었다는 것은 나를 찾는 이가 별로 없었음을 의미하기도 한다. 이 세상에 가족이 아닌 다른 사람들로부터 진심 어린 '부름'을 받는 사람이 과연 얼마나 있겠냐마는, 막상 몸이 아프고 보니, 어느 누구로부터도 연락하나 오지 않는 내 모습이 어딘지 모르게 안쓰러워짐을 부정할 수 없었다.

　어찌 보면 이런 감정도 내 안에 있는 행복한 사회적 존재로 사는 일에 관한 막연한 이미지 때문이 아닐까 싶다. 내게 그와 같은 상像을 주입한 대표적 사례는 시트콤이나 드라마 속의 인간 관계다.

　예를 들어, SBS 텔레비전에서 인기리에 방영된 바 있는 시트콤 〈웬만해선 그들을 막을 수 없다〉라든가, 종편인 tvN에서 방영되어 시청자들로부터 공중파의 것 이상으로 폭발적 사랑을 받은 드라마 〈응답하라, 1994〉 등에서 묘사되는 인간관계들이 그러하다.

　그들 시트콤과 드라마 안에 사는 사람들은 그 누구도 주위 사람들의 관심으로부터 소외된 사람이 없다. 물론 인물들 간 관계를 도표로 만들었을 때 갈등 관계나 미묘한 러브라인이 없는 것은 아니지만, 그런 개인 간의 문제조차도 그것을 끌어안는 집단의 관계 속에 녹아들고 개인은 그것으로부터 위로를 받는다. 내게 보여진 시트콤과 드라마 속 세상은 커다란 성공을 거둔 사람도, 그다지 성공직이지 않은 삶을 사는 사람도 주위로부터 공평하게 관심을 받는다.

　당시지들도 성공과 실패에 관해 진지하게 고민하거나 문제 삼지 않는다. 참 따뜻한 세상이 아닐 수 없다. 현실 세계가 그렇다면 절망이나 외로움을 정색하고 받아들이지 않아

도 될 것이고, 만약 그렇게 된다면 사람들의 삶이 좀 더 따뜻
하고 유쾌해지지 않을까 하는 생각이 든다. 적어도 나의 아
들이 살아가게 될 세상은 그랬으면 좋겠다. 정말로.

불의 맛

가끔 그런 때가 있다. 불현듯 어떤 특정한 음식이 무척 먹고 싶어지는. 오늘 오전에는 짬뽕이 그것이었다. 살을 파고드는 찬바람이나 위장을 불태우는 허기 탓도 있었겠지만, 오늘은 그런 이유들이 없었어도 반드시 짬뽕을 먹어야만 했다. 논리적으로 설명하기는 힘들다. 이 욕구는, 하필 지구의 공전주기에 딱 맞아떨어져서 충돌하는 운석에게 주어진 운명적 우연과도 같다. 평소에는 무엇을 먹어야 할지에 대한 생각을 거의 하지 않고 사는 나이지만, 오늘 같은 일이 일어나면, 그때는 나도 나를 말리지 못한다. 반드시 떠오른 그 음식을 먹어야만 한다.

내가 짬뽕을 원하게 된 건 정오로부터 5분가량이 지난 시점이었다. 아들의 학교 앞 횡단보도 앞에서 보행 신호를 기다리던 중에 그만 그 일이 일어나고 만 것이다.

나는 주변을 둘러보았다. 멀리 갈 것도 없이, 바로 길 건

너편에 그럴듯한 중국요리집이 하나 보였다. 건물의 2층에 위치한 그곳은 입구에 커다란 현수막을 설치해두고서 손님들을 부르고 있었다. 길을 건너 가까이 가서 그것을 살펴보니 온갖 요리의 사진과 이름, 그리고 가격이 인쇄되어 있었다. 현수막의 제일 위쪽에는 문구가 하나 적혀 있었다.

'일단 와보세요. 정말 맛있습니다. 정통 중화요리의 진수를 합리적 가격에 맛보실 수 있습니다.'

나름대로 매력적인 말이었지만 부족했다. 그것이 없었다면 나를 설득할 수 없었을 것이다. 그 문구 바로 아래에, 그러니까 현수막의 가장 중요한 위치에, 온갖 화려한 요리를 제치고 인쇄되어 있는 짬뽕의 사진 말이다. 그것은 내가 1980년대 초반 이후로 잃어버린 진정한 짬뽕의 맛을 보여줄 수 있을 것처럼 보였다. 그렇다면 진정한 짬뽕의 맛은 무엇인가.

그것은 '불의 맛'이다. 불의 맛을 얻기 위해서는 올리브색 빈소매 티셔츠를 입고 팔 근육이 다부진, 짬뽕에 관한 한 최고의 경지에 다다른 요리사가 필요하다. 그는 사람도 집어삼킬 것 같은 엄청난 크기의 불 위로 검정색 무쇠 요리용기를 능수능란하게 흔들며 야채를 볶을 것이다. 용기 속의 야채는 상상을 초월할 정도의 뜨거운 기름과 그것을 위협하듯

굽이치는 불꽃에 길들여져, 요리사가 원하는 요리의 일부로 다시 태어난다. 자칫 감칠맛이 떨어질 수 있는 국물에 치열하게 다룬 불의 향을 더함으로써 맛의 밀도가 완성된다. 동시에, 신선한 해산물이 준비된다. 자칫 느끼해질 수 있는 국물에 담백함을 더해주어 그 맛의 균형도 지켜낸다. 단, 오징어나 홍합은 그 양이 지나치게 많거나 적지 않아야 함도 간과되지 않는다.

요리사는 읊조린다. "포인트는 신선도이다. 양이 아니다."

준비된 모든 것은 그의 강한 근력과 세심한 동작으로 탄생시킨 수타면을 만난다.

마침내 대륙의 기질을 드러내는 큼직한 용기에 담긴 그 짬뽕이 나의 테이블에 도착하면, 나무젓가락을 '짝' 하고 쪼갠 내가, 면을 집어 '츠르릅' 빨아들인다. 그때, 그것의 첫 맛은 독립적이고 심심한 듯해야만 한다. 다시 말하자면, 면발은 국물이나 야채, 혹은 해산물의 향에 지나치게 동조되어 있어서는 안 된다. 하지만 그 끝에는 불의 맛이 있어야 한다. 그리고 그 맛에는 기름에 제대로 볶아진 야채의 향이 담겨 있어야 한다.

칼바람에 어깨를 움츠리고 코트 주머니에 두 손을 꽂아 넣은 나는, 어느 낯선 중국요리집의 현수막 앞에서 이런 생

각을 하고 있었다. 기대와는 달리, 그 집의 짬뽕 맛은 재앙이
었다. 식중독을 염려할 정도로 그 신선도가 떨어지는 해산
물들 하며(중국산이 틀림없었다), 기계로 뽑아내어 찰기가 하
나도 없는 면발 하며, 맵기만 하고 그 어떤 맛의 밀도도 느껴
지지 않는 조미료 범벅의 국물 하며, 정말이지 그것은 값을
치르고 억지로 '먹어 줘야 하는' 음식이었다. 언제쯤이면 진
정한 짬뽕을 다시 만날 수 있을까. 내 인생에 그런 날이 오기
는 할까. 아, 그립다. 1980년대 초반의 그 짬뽕. 아버지와 함
께 나무 발을 젖히며 들어서던 강동구 암사동 어느 골목의
그 중국요리집.

거리에서, 문득

서울역의 하이에나와 영양 떼

내가 출강하는 학교가 대전에 있어서, 나는 꽤 자주 KTX를 이용한다. 대체적으로, 강의가 있는 요일들은 학교 옆에 있는 교수동에 머물지만, 그래도 꽤 자주 서울역을 오가게 된다. 때로는 자정을 넘겨 서울역에 도착하게 되는데, 그 시간에는 버스가 끊겨버리므로, 나는 선택의 여지없이 택시를 타게 된다. 그러기 위해서는 나와 같은 사연으로 택시 승강장—서울 스퀘어가 마주 보이는 서울역 광장 앞 도로의 택시 승강장—에 길게 늘어선 택시 탑승 대기자 줄에 서야 한다. 좀처럼 줄어들지 않는 줄을 바라보며 한숨을 짓고 있노라면, 택시 기사로 보이는 아저씨들이 주머니에 손을 넣고서 어슬렁어슬렁 내 옆으로 다가온다. 그리고 내가 아닌 다른 어딘가에 시선을 둔 채로 내게 말한다.

"어디 가시는데요? 잠실, 송파, 천호?"

"자아, 인천, 부평, 일산…"

나는 대답 대신 내가 선 줄의 맨 앞에 있는 사람들이 택시
에 오르는 것을 응시한다.

그러면 그중 한 아저씨가 줄에 서 있는 모든 이들에게 선
언하듯 말한다.

"이거, 줄 서서 택시 타려면 최소 40분은 기다리셔야 할
겁니다. 미터 꺾는 것보다 싸게 모셔다 드립니다. 자아, 인
천, 부평, 일산….."

대부분의 사람들은 줄에서 이탈하지 않은 채, 이 호객꾼
들을 무시한다. 그럼에도 불구하고, '그들의 합승 손님 끌어
모으기'는 계속된다.

"미터 꺾는 것보다 싸게 모셔다 드립니다. 자아, 인천, 부
평, 일산….."

그 광경은 마치, 서너 마리의 하이에나가, 혹시라도 무리
로부터 이탈할지 모를 어린 영양을 기대하며 그 주위를 집
요하게 맴도는 모습과도 같다. 그리고 그들의 '사냥'은 의외
로 자주 성공한다. 줄을 이탈하는 이들, 그리고 앞장서서 그
들을 데리고 가는 운전기사들을 보며, 살아가는 방식에도
참 여러 가지가 있구나라는 생각을 하게 된다.

왜냐하면 그런 중에도 여전히 줄을 서서 더디 오는 탑승
순서를 기다리는 이들과, 그들을 태우기 위해 정해진 승강

장으로 들어오는 택시와 그것을 모는 기사들이 있기 때문이
다. 역시 세상은, 교과서적인 원칙만으로 살아가기에는 너
무나도 다양한 생각들이 피고 지는 곳임을 깨닫게 된다.

어느 겨울 아침의 행운

12월에 들어서면서 기온이 갑자기 뚝 떨어졌다. 이럴 때는 출근길 버스 정류장에 서 있는 것이 여간 힘든 일이 아니다. 바람이 어찌나 차가운지 그것을 맞는 두 눈에서 눈물이 계속 흘러내릴 정도니까 말이다. 그래서 나는 오늘 큰맘 먹고 택시를 잡아탔다.

"어서 오세요." 택시 기사님이 친절하게 나를 맞았다.

"안녕하세요. 서울역 부탁드릴게요." 나도 친절하게 말했다. 휴대폰의 시계를 보니, 내가 타야 할 대전행 열차의 출발 시간까지 35분이 남아 있었다. 평소 버스로 40분에서 50분가량이 걸리는 점을 감안하면, 그것이 아무리 택시라 해도 그다지 여유 있는 출발은 아님을 알 수 있었다.

"당연히 그래 주시겠지만, 가능한 한 빨리 가 주실 수 있을까요." 내가 부탁했다.

"기차가 몇 시 거죠?" 그가 물었다.

"8시 30분 출발이에요." 내가 대답했다. 그러자 그가 안심하라는 듯, 온화한 말투로 말했다.

"아, 그 정도면 시간은 여유가 있네요."

그 목소리에 안정감이 들었는지, 경직되어 있던 목과 어깨가 편안해져 옴을 느낀 나는 시트에 기대어 앉아 급정거나 급출발이 없는, 마치 물리현상을 초월한 어느 공간에 떠 있는 것 같은, 그 위를 미끄러져 가는 듯한 쾌적한 승차감을 만끽했다. 혹시 너무 천천히 가서 그런 건 아닐까 하는 생각에 차창 밖의 풍경을 살펴보니, 그 또한 경쾌하게 흘러가고 있었다. 나는 여린 미소를 머금고 눈을 감았다. 은은히 들려오는—그 음량이 너무 크지도 작지도 않아서인지 처음 택시에 올랐을 때는 의식하지 못했던—클래식 현악이 그 상황에 제격이었다. 그런 유의 음악을 평소 즐겨 듣는 편은 아니지만, 그 순간 그 장소에서만큼은 그것 이상의 적절한 소리는 없을 거라는 생각이 들었다. 아마도 그것과 절묘하게 맞물려 있는, 적당히 따뜻한 차내 온도 덕분이었는지도 모르겠다. 고개를 차창 쪽으로 돌려 눈을 천천히 뜨자, 설 내린 눈에 희끗희끗 빛나는 풍성이 흘렀다. 그것은 엄마와 아빠가, 큰 형아와 작은 형아와 누나가 잠에 빠져 있는 시간에, 겨울 냄새가 창틈으로 스며드는 거실에서, 몸에 비해 큰 잠옷을 입고서 창밖에 내리는 눈을 바라보며 말없이 서 있던 일곱 살의 나를, 그 겨울을 내게 되돌려 주고 있었다. 택시가 경복궁역에 다다를 즈음, 말없이 운전을 하던 택시 기사님의 조용한 목소리가 들려왔다.

"여보세요." 전화를 걸어 온 쪽의 목소리가 그의 이어폰 안에서 꿀벌처럼 잉잉거리자, 그가 온화한 웃음으로 대답했다.

"아, 그랬어요? 아이고, 고생 많으셨네.(또 온화한 웃음) 오늘도 좋은 하루 보내요. 이따가 집에서 봐요."

내용으로 미루어 전화를 걸어 온 쪽은 그의 부인인 것 같았다. 나는 승객을 배려하여 길지 않은 통화를 하면서도 부인의 말을 경청해 주고 다정함을 잃지 않는 그의 말투에서 그의 흰머리가 멋스럽게 보이는 이유를—그는 예순은 넘어 보이는 노인이었다—발견했다. 그리고 잘 늙어 간다는 게 어떤 것인지 배우게 되어 참 행운이라고 생각했다.

엘리베이터를 기다리던 나의 시선이 벽과 천장이 만나는 구석진 곳으로 옮겨졌다. 천장에 박힌 조명이 은은한 오렌지색이어서—그 불빛 가까이에 있는 공간 외의 다른 곳들은 서서히 어둠 속에 스며들고 있었다—내가 바라본 곳은 엘리베이터 앞 층계참의 깜깜한 구석일 뿐이었다. 그럼에도 불구하고 그곳으로 나의 고개가 돌려졌다는 건, 그 어둠 속에서 나를 응시하고 있는 무언가의 기운을 내가 느꼈기 때문일 것이다.

아닌 게 아니라, 정말 거기에는 '무언가'가 있었다. 미간을 찡그리며 자세히 바라보니 센터피드centipede(돈벌레)였다. 나는 갑자기 온몸이 가려워옴을 느꼈다. 그것은 미국 유학 시절의 소름 돋는 경험 탓이었다.

어느 여름 밤, 아들에게 책을 읽어주느라 침대에 누워 있는데, 나의 엄지발가락에 센터피드 한 마리가 예고 없이 기어 올라왔던 것이다. 그 감촉은 뭐랄까, 무게감이라고는 전혀 없는 강아지풀이나 부드러운 붓의 털로 발을 쓰다듬는 느낌? 그런 종류의 감각이었다. 내가 비명을 지르며 발을 움찔하자, 그 녀석은 잠시 돌처럼 굳었다가 나의 정강이와 허벅지를 쏜살같이 지나 침대의 매트를 거쳐 어디론가 사라져 버렸다.

나는 나의 비명에 놀란 아들을 살피고 나서, 침대 주변의 바닥을 둘러보았다. 하지만 그 녀석은 어디에서도 보이지 않았다. 예상은 했지만, 역시 그렇게 호락호락한 녀석이 아니었다. 나는 다시 아들에게 책을 읽어 주었다. 아들이 잠든 후, 나는 침대에서 조심스레 내려왔다. 그리고 화장대 위에 있는 쇼핑몰 광고 전단을 집어 들었다. 그것을 돌돌 말아서 센터피드 퇴치에 알맞은 '무기'를 만들었다.

사실 그 당시의 나는 항상 수면이 부족한 상태였기 때문에 10분이 아쉬운 상황이었다. 하지만, 다른 벌레는 몰라도 센터피드만큼은 그냥 넘어갈 수가 없었다. 만약에 내가 아무 조치 없이 잠을 청한다면, 완전한 무방비 상태의 내 몸 어딘가에 그 녀석이 기어 올라와서, 그 셀 수 없는 다리들을 바쁘게 움직여댈 게 뻔했기 때문이다. 운이 나쁘면 내 콧구멍으로 기어 들어올 수도 있을 것이다. 그런 일은 인생에서 절

　　　　　　　　　　　　　　　거리에서, 문득

대로 겪어서는 안 될 일이다. 나는 굳은 각오로 말아 쥔 광고 전단을 더욱 세게 움켜쥐었다. 그리고 침대 앞으로 가서 무릎을 꿇고 얼굴을 바닥으로 가져갔다.

침대 아래 바닥은 스탠드 불빛이 새어 들어왔기에 생각보다 그리 어둡지 않았다. 하지만 방바닥에는 옅은 회색 카펫이 깔려 있고, 그 표면은 일정한 패턴의 울퉁불퉁한 요철이 촘촘히 얽혀 있었으므로, 그것과 비슷한 색깔의 센터피드가 자세를 낮추고 움직이지 않으면 여간해서는 그 녀석을 찾아내기 쉽지 않은 조건이었다. 그런 이유 때문에라도 나는 더욱 꼼꼼히, 그리고 차근차근 그 공간을 훑어보았다.

첫 번째는 실패였다. 두 번째로 둘러보자니, 내 얼굴에서 가장 가까운 쪽의 침대 다리 안쪽 그늘에 그 녀석이 숨어 있었다. 나는 또다시 소름이 돋아옴을 느꼈다. 그러나 담대해지기로 결심했다. 남은 숙제는, 이 녀석을 어떻게 하면 침대 바닥 더 깊숙한 곳이 아닌 침대 밖으로 나오게 하느냐였다.

나는 서두르지 않기로 했다. 자칫 성급하게 그 녀석을 몰다가 또다시 놓치기라도 한다면, 이제는 그 녀석도 더욱 꽁꽁 숨을 것이고, 그때는 정말 낭패임을 잘 알았기 때문이다. 그래서 나는 조용히 몸을 일으켜 조심스러운 발걸음으로 거실을 향했다. 그리고 부엌 입구 옆에 놓인 아들의 이젤 앞으로 갔다. 그러고는, 이젤에 쌓인 여러 장의 3절 도화지 가운데 한 장을 빼낸 뒤, 방에서 광고 전단지로 했던 것처럼 돌돌 말았다. 그로써 나는 '무기'에 이어 마침내 센터피드를 침대 밖으로 몰아낼 수 있는 '장비'도 갖추게 되었던 것이다.

나는 다시 방으로 조심스럽게 들어섰다. 그리고 천천히 침대 곁으로 다가갔다. 무릎을 꿇고, 얼굴을 바닥으로 가져가서 앞서 살폈던 침대의 다리 안쪽 그늘을 둘러보았다. 다행히 그 녀석은 그 자리에 있었다. 나는 길게 말아진 도화지를 그 녀석으로부터 가장 먼, 침대 아래 공간의 가장 깊숙한 곳으로 집어넣었다. 그리고 나의 '장비'가 그 녀석의 퇴로를 가로막도록 한 뒤, 서서히 침대 다리 쪽으로 몰아갔다.

포위망이 불과 한 뼘 정도의 거리까지 가까워졌음에도 움직이지 않던 그 녀석은, 거기에서 불과 1센티미터도 진출하지 않은 내 장비의 움직임에 갑작스레 반응하며 쏜살같이 도망을 쳤다. 그러나 그 녀석이 도망친 곳은 아무 데도 숨을 곳이 없는, 탁 트인 방바닥이었다.

스탠드 불빛에 노출된 자신을 감지한 그 녀석은 그 자리에 멈춰 섰다. 나의 무기는 가차 없이 센터피드의 몸을 파괴했다. 부서진 그 녀석의 몸은 마치 오랜 세월 동안 완벽하게 습기가 차단된 공간에 놓여 있던 먼지덩어리처럼 바스라진

　　　　　　　　　　　　　　　거리에서, 문득

모습이었다.

　나는 그 녀석의 조각들을 휴지에 감싸 쥐며 생각했다. 이렇게 건조하고 가볍고 연약한 '물질'이, 온갖 복잡한 몸동작과 위기 회피 판단을 할 수 있다는 것이 참으로 놀랍기만 하다. 자세히 보지 않으면 그 구조가 보이지 않을 정도의 그 수많은 다리들이 일사 분란하게 움직이면서 이 녀석의 빠른 이동을 가능케 했다는 것이 경이롭기까지 하다. 과연 이런 존재가 '자연'일 수 있을까. 비록 처참한 최후를 맞았지만, 그 센터피드는 나로 하여금 그렇게 잠시 멈춰서서 그런 생각을 하도록 해 주었다.

조규찬의 집을 찾아서

수몰나무 사이로 던진 노 싱커 리그No Sinker rig를 오짜 배스가 물었다. 그(그녀)가 저 멀리 수면 위로 튀어 올라 바늘털이를 하며 입을 열자, 난데없이 경쾌한 전화벨 음악이 울렸다. 나는 그 환상적인 순간이 꿈이라는 것을 꿈속에서 깨달았다. 하지만 나는 깨어나지 않으려 안간힘을 썼다. 그것이 아무리 꿈이라고 해도 오짜 배스의 손맛은 그렇게 순순히 포기할 만큼 흔히 찾아오는 기회가 아니기 때문이다. 그런 나의 마음에도 아랑곳하지 않고, 휴대폰 벨 소리는 나를 현실로 끌어냈다. 그렇게 잠에서 깨어났다. 나는 눈을 감은 채, 벨 소리를 따라 주위를 더듬었다. 그리고 아내의 베개 밑에 있는 휴대폰이 손에 들어옴을 느꼈다. 전화를 받자, 낯선 목소리가 도시의 소음에 뒤엉켜 들려왔다.

"퀵인데요, 거기 위치가 어디죠?" 단도직입적이고 퉁명스러운 목소리였다.

"아, 혹시 주소를 물으시는 건가요?" 내가 대답하며 물었다.

"주소는 받았고요, 거기 위치가 어떻게 되냐고요." 그가 짜증스럽게 물었다.

순간 나는 혼란을 느꼈다. 내가 사는 곳이 아파트이고 그가 주소를 안다면 어느 아파트의 몇 동 몇 호인지를 안다는 뜻인데, 내게 위치를 묻고 있었기 때문이다.

"혹시 받으신 주소에 빠진 부분이 있나요? 무슨 구 무슨 동, 혹은 아파트명이나 동, 호수 같은 것 말이죠." 내가 그에게 물었다.

그러자 그가 한 음절 한 음절, 또박또박, 천천히 내게 강조하듯 물었다.

"거 기 위 치 가 어 떻 게 되 냐 고 요."

"음, 그러니까 용산구 이촌동 신동아아파트 3동 503호요." 나는 이것이 그가 원하는 대답이 아님을 알았지만, 딱히 준비된 다른 것도 없는 탓에 어쩔 수 없이 그렇게 말했다.

그리고 덧붙여 물었다.

"혹시 지금 이촌동이신가요?"

"아뇨." 그가 기계적인 톤으로 대답했다.

"아, 그럼 이촌동에 오셔서 전화주시겠어요? 계신 곳을 말씀해주시면 제가 오는 길을 설명해드리겠습니다." 내가 제안했다. 사실 이촌동은 거리의 구조가 외길이고, 내가 사는 아파트는 큰길가에 접해 있기 때문에 그리 어렵지 않게 찾을 수 있었지만, 그래도 뭔가 해야 할 것 같았기 때문이다.

"됐어요." 그가 체념하듯 전화를 끊었다.

나는 JYP로부터 의뢰받은 곡을 짓기 위해, 거실에 앉아 기타를 퉁기며 이런저런 코드 진행을 연주하고 있었다. 그렇게 시간이 한참 흐르고, 좋은 악상이 떠올라 악보를 쓰려는 순간 누군가가 현관문을 두드렸다. 나는 떠오른 멜로디를 잊지 않기 위해 그것을 반복하여 흥얼거리며 현관문으로 갔다. 문을 열자, 아까 통화했던 그 퀵서비스 직원이 서 있었다. 나는 서류 봉투를 받으며 그에게 위로와 격려의 의미로 말했다.

"찾느라 고생하셨죠?"

"이촌동 들어와서 30분이나 걸렸어요."

그가 불만에 찬 목소리로 말했다.

"음, 이촌동은 외길이고 이 아파트는 큰길에서 바로 보이기는 하는데…, 그래도 초행이면 안 보일 수도 있었겠네요."

나는 어딘지 모르게 그로부터 책망을 받는 것 같아서 나

   거리에서, 문득

름의 '변명'을 조심스레 했다.

그러자 그가 더 이상은 못 참겠다는 듯 발끈하며 내게 소리 높여 말했다.

"당신이 한번 찾아봐!"

그러고 나서 그는 발로 잡아둔 엘리베이터에 올랐다. 나는 잠시 굳게 닫힌 엘리베이터 문을 보다가 거실로 돌아갔다. 떠올랐던 악상을 악보에 옮겨보려 했지만 그것은 이미 내 가슴과 머리로부터 증발해버린 상태였다. 나는 기타를 거실 바닥에 내려놓고 소파에 기대 앉아 창밖을 바라보았다. 어둑어둑한 하늘이 맞은편 아파트 건물의 실루엣 너머로 보였다. 아내와 아들이 외출하여 텅 빈 집에 나는 그렇게 앉아 있었다. 그날은 토요일이었다.

거리에서, 문득

음악과 예능 시이

아, 예능이여

한국에 돌아와서 무료한 겨울날을 보내는 아들에게 게임기를 사주기로 했습니다. 그날따라 와일드한 서울의 교통을 통과하여 강변역 옆의 테크노마트에 도착하였습니다. 미리 점찍어둔 매장에서 찾고 있는 게임기를 말하려 하자, 점원으로 보이는 분이 묻습니다.

"저 알죠? 분명히 어디선가 만났는데… 흠."

저로서는 마땅히 드릴 말씀이 없었으므로 그냥 미소로 대답하였습니다. 그렇잖아요. 제가 제 입으로 다음과 같은 설명을 하기는 좀 곤란하지 않을까요?

"사실은 제가 가수인데요, 그렇게 어디선가 만났던 것 같은 느낌을 가지시는 이유는, 음, 그러니까 제가 가끔, 아주 가아끔 텔레비전에 출연하기 때문일 거라고 추측이 됩니다. 아마 그런 이유일 겁니다. 아, 참! 제 이름은 조규찬입니다. 1989년에 열린 제1회 유재하 음악 경연대회에서 「무지개」라는 자작곡으로 금상을 수상하면서 데뷔를 했고, 그 이후 「소중한 너」라는 박선주와의 듀엣 곡을 작곡하고 함께 가창하면서 조금 더 대중에게 알려졌답니다. 현재까지 발표한 저의 솔로 앨범은 총 아홉 장이고, 그 외에도 형제들과 함께 만든 두 장의 '조 트리오' 앨범, 그리고 갓 스물에 발표한 3인조 팀 앨범 『새 바람이 오는 그늘』 등이 있습니다. 아무래도 이렇게 오래 활동을 했기 때문에, 어디선가 한 번쯤은 절 보신 것 같은 느낌이 들 수 있을 거라 짐작됩니다만, 음, 사실 이런 상황이 처음 있는 것은 아닙니다. 저로서는 이제 익숙해질 만도 한데, 그게 잘 안 되네요. 솔직히 말씀드리면, 이럴 때마다 갈등을 하곤 한답니다. 에이, 설마 이런 것 가지고 갈등씩이나 할까, 하고 안 믿으실지 모르지만, 정말이랍니다. 원숭이가 나무에서 떨어지는 걸 우리는 믿지 않지만 정말 떨어지는 것처럼, 제가 설명한 상황과 갈등은 정말 일어나는 일이에요. 정말로. 사실 쉬운 문제는 아닙니다. 나에 대해 설명을 해야 할까 말까, 한다면 어디까지 해야 할까, 안 한다면 어떻게 넘어가야 할까, 하는 따위에 관해서 갈등하는 문제를 생각하기 시작한다면 말이죠. 음, 그래서 사실 지금의 이 설명도 할까 말까 망설였지만, 어쩔 수 없다는 생

　　　　　　　　　　　　　　　　　　

각이 들었습니다. 물으시는 그 눈빛의 깊이를 볼 때, 예사롭
지 않은 무관심이 묻어나는 관심이었거든요. 그래서 말인데
요….”

이렇게 길어지는 말을 시작하기는 여간해서 쉬운 일이
아닙니다. 그래서 그냥 엷은 미소만 보일 수밖에 없는 것이
었습니다. 그 점원은 제가 계산을 마치고 그 매장을 떠나는
그 순간까지 제게 혼잣말을 들려줍니다.
“분명히 만난 적 있는데….”
예능 출연 없는 음악 활동이 비현실적인 이상이 되어버
린 2013년 12월 현재, 테크노마트의 어느 한 매장에서 마주
친 이 익숙한 상황은, 예전과는 다른 무게감으로 다가왔습
니다.

아, 예능이여.

MoMA
歡迎光臨！

또 다른 교만

어느새 2015년이다.

2013년 12월에 귀국해서, "2014년이다. 자아, 멋지게 한 번 살아보자." 하며 결의를 다진 게 엊그제 같은데. 무얼하며 그 일 년을 보냈는지 되짚어 보니, 대전의 우송정보대학 실용음악과의 전임교수로서 '후진양성'에 주로 집중하고, 두 편의 드라마 OST에 작곡과 가창 참여, 종편 드라마의 음악 감독, 그리고 신인가수(버나드 박)의 데뷔곡 작곡 등을 해온 터였다. 나름대로 알차게 지내왔음에도 불구하고, 내 모습은 어딘지 기운이 빠져있는 듯하다. 왜일까. 모든 것은 안정된 상태이고, 심심치 않게 '존경'을 표하는 후배들이 내 앞에 나타나는데, 왜일까.

지금에 비하면, 1989년 데뷔로부터 1990년대 중반까지의 나는 아무것도 가진 것 없는—경제적으로나 사회적 지위로

나—청년이었다. 하지만 그 시절의 나는 나 자신을 향한 확신에 차 있었다. 작곡과 편곡에 필요한 이론을 충분히 공부하지 않은 상태였지만, 나는 내가 사용하는 코드와 멜로디, 거기에 붙여지는 가삿말과 이 모두를 구체화하는 편곡(악기 편성과 각 악기의 연주 메커니즘) 방식에 관해 단 한 번도 의심하지 않았다. 나의 선택과 상관없는 경제적 빈곤에 관해서는, 그리고 그것을 극복하는 일의 무게가 나에게 편중되었을 때는 때로 극심한 우울감에 시달리기도 했지만, 그것 역시도 내가 믿는 나의 모습과의 괴리에서 온 것이었던 듯하다. 그러므로 그 또한 나약함이라기보다는 삶의 부조리에 대해 치열하게 저항하는 나의 교만이었으리라.

1집 앨범 녹음작업을 하며, 나는 세션으로 참여한 선배 뮤지션들로부터 이런저런 음악적 조언을 들었다. 거기에는 음악적 문맥에 부합하는 적절한 코드(진행) 선택법, 그리고 리듬 편곡을 위해 고려되어야 하는 연주 메커니즘에 관한 충고가 담겨 있었다. 하지만 나는 내 고집대로, 내가 원하는 코드와 리듬을 사용했다. 거기에는, "음악에 정답이 어디 있어. 내가 느끼는 걸 담아내면 그게 답인거지."라고 말하는 나의 내면이 우뚝 서 있었다. 그런 연유로, 나는 키보드나 기타의 코드 포지션과 구성음의 배열이나 주법, 심지어는 꾸

믿음의 미세한 셈여림까지 일일이 관여하고 원하는 바를 세션 연주자들에게 요구했다. 지금에 와서 돌이켜보면, 대세에, 그러니까 음악적 흐름에 그다지 크게 영향을 미치지 않을 내용도 많았는데 말이다. 그렇다면 나를 지배하던 그때의 그 치열함은 정말 아무것도 아니었던 걸까. 결과적으로 큰 차이가 없는 코드 구성음의 배열을 향한 나의 집요한 고집이 음악적 무지의 결과로 나타난 헛수고였을까. 지금의 내가 그 당시의 나를 만난다면, 지금의 내가 그때의 나보다 더 훌륭할까. 다른 건 모르겠지만, 2015년의 조규찬은 1집 앨범을 녹음하고 있는 '청년 조규찬'을 부러워할 것 같다.

무엇을 향한 부러움일까. 그것은 소리를 향한 절실함일 것이다. 사랑이라는 단어가 그것을 사용하는 사람의 상황과 마음에 따라 완전히 다른 의미를 가지게 되는 것처럼, 1집 앨범을 녹음하는 조규찬에게, 예컨대 C major7 코드 하나와 그것의 구성음을 배열하는 치열함은 그 어느 누구의 그것과도 같은 것이 될 수 없는 '절실함'이었을 테니까.

아홉 장의 솔로 앨범과 세 장의 팀 앨범을 발표한 싱어 송라이터로서 오른 미국 유학길은, 그래서 나에게는 작지 않은 도전이었다. 이론적 사실이나 일정한 학습 과정에서는 얻어지기 쉽지 않은 '현장 경험'을 뒤로하고, 공부 자체를 위한 공부를 하는 과정이었기 때문이다. 적어도 유학을 결심하고 준비하는 동안은 그러한 생각이 지배적이었다. 하지만 일리노이 주립대에서, 그곳에서 이루어져 온, 그리고 치열하게 이루어지고 있던 음악을 경험하게 되면서, 나는 음악이라는 것이 가지는 상상초월의 범주와 엄존을 엿볼 수 있게 되었다. 지금까지도 그것은 나에게 버거운 인식이다.

예컨대, 입학 이후 두 번째 보컬 레슨을 들어갔을 때, 담당교수였던 티토 까릴로Tito Carilo—그는 트럼펫 전공 교수였으나, 악기의 즉흥 연주에서 이루어지는 음악적 접근을 보컬 즉흥 연주에 적용하고 싶었던 나는 보컬 교수 대신 그에게서 보컬 레슨을 받기로 한 터였다—는 코드톤chord tones(root, 3rds, 5th, 7ths 등의 코드 구성음)과 펜타토닉pentatonic(root, 2nd, 3rds, 5th, 6th 등의 다섯음을 구성음으로 하는 스케일)을 사용하는 나의 즉흥 솔로를 듣고서 고개를 끄덕여 주었다. 내심 그가 나의 애들립에 강한 인상을 받기를 기대했던 나는, 그의 그러한 행동이 의외였음은 물론, 그것이 정확히 무엇을 의미하는지에 대해서도 궁금했다. 한동안 강의실 바닥을 응시하며 천천히 고개를 끄덕이던 그는 내가 좋은 귀를 가졌다며 칭찬해 주었다. 하지만 그 말을 건네는 그의 목소리 톤은 지극히 평이했다. 그다지 새로울 것 없는 무언가를 한 번 더 보았을 때의 반응 정도였다고 하면 맞을 것이다.

그는 말없이 트럼펫을 들었다. 그리고 내게 제공했던 같은 반주를 컴퓨터에서 틀었다. 그는 그 곡의 테마를 먼저 연주했다. 그것은 요란하지 않았지만, 절묘한 절제와 깊이가 느껴지는 연주였다. 이어서 2절이 시작되자, 즉흥 솔로를 연주하기 시작했다. 거기에는 복잡한 리듬이나 요란한 음의 도약 따위는 있지 않았다. 대부분의 음이 자연스레 이어지는 계단처럼 아름답게 연결되고, 그들이 나타나는 타이밍도 의도된 느림, 혹은 정확함이었다. 나는 그의 연주를 들으며, 그 어떤 충고나 지적을 들었을 때보다 더 강인한 음악적 열등감을 느꼈다. 연주를 마친 그는, 이제부터 조규찬이 하게 될 솔로에는 기존의 것과는 다른 접근을 적용해 보자고 제안했다.

그는 모드mode의 활용에 대해 설명해 주었다. 그것은 내가 팝음악을 하며 시도해 본 적 없는 새로운 접근이었다. 그는 그것이 반드시 따라야하는 철칙은 아니며, 나의 접근도 틀린 것은 아니지만, 그곳에서 오랜 세월 통용되어 온, 즉흥 연주를 위한 음악적 어법의 하나라고 말해 주었다. 그는 그것을 '커먼 프랙티스common practice(미국의 재즈 연주자들 사이에서 통용되어 온, 통용되고 있는, 무언의 합의가 이루어져 있는 음악적 접근)'이라고 불렀다. 그날을 시작으로 나는 한동안 나의 감각과 귀에만 의존하는 대신, 지극히 이성적인 접근의 솔로를 경험했다. 그리고 어느 순간 그 이성적 접근이 다분히 음악적인 접근으로 느껴질 수 있음을 깨달았다. 그것은 마치(짐작이지만) 전에는 사용해 본 적 없는 새로운 식재료와 레시피를 경험하는 요리사의 마음과도 같았다. 내게 있어서 그 짧지 않았던 유학 기간은 내가 모르는 것이 얼마나 많은지를 어렴풋이나마 깨닫게 하는 시간이었다. 그런 연유로 선택의 여지가 없는 겸손함을 배우게 되었다.

하지만 이렇게 다시 한국에 와서 일 년여를 지내다 보니, 그 겸손함이 자칫 젊은 날의 날 선 음악적 고집을, 무언가를 조금 깨달았다는 또 다른 교만으로 시들게 하는 것이 아닌가, 하는 생각이 들게 한다. 이러한 생각은, 최근 출연중인 〈나는 가수다 시즌3〉에서 마주친 어느 젊은 가수의 모습에서 시작되었다. 그는 방송제작진이 뭐라 하건, 순위가 어떻게 나오건, 자신이 원하는 곡을 고르고, 편곡하고, 스스로 원하는 방식으로 노래를 불렀다. 노래를 부르는 그의 표정, 그

눈빛에는, 어쩌면 지금은 사라져버린 청년 조규찬의 당돌함
과 확신이 있었다. 나의 무엇이 누군가에게 정답이든 아니
든, 누군가의 무엇이 나에게 정답이든 아니든, 인정함만큼
나를 믿는 '음악적 독선'이 내게는 지금 필요하다. 어차피 음
악이라는 우주는 그 처음과 끝을 알 수 없는 미지이므로, 그
저 내가 정한 항로를 따라 떠나는 확신에 찬 항해, 그 이상도
이하도 아닐 것이기 때문이다.

                                                    거리에서, 문득

뫼비우스 인터뷰

오늘은 오랜만에 목동에 있는 방송국 CBS를 찾았다. 추석특집 라디오 프로그램에 게스트 출연이 있었기 때문이다. 지난 2013년 12월에 유학을 마치고 귀국한 이후 처음 있는 '방송 출연'이라는 점에서 묘한 기대감 같은 것이 들었다. 하지만 막상 내가 받은 질문은 나의 근황과 내 가족에 관한 것들뿐이었다. 이 두 가지 질문은 내가 데뷔한 1989년으로부터 지금까지 방송 혹은 일간지 등의 인터뷰에서 가장 많이 받은 질문이다. 물론 청취자에게 출연자의 근황을 전하는 것은 인터뷰의 당연한 수순이고, 내 가족 구성원의 대부분이 음악인이라는 점에서 가족에 관한 질문에도 아무 문제는 없다고 본다. 단지 대답을 하는 입장에서는 같은 말을 20여 년 반복하는 일이 쉽지만은 않았던 것이 사실이다. 오늘 내게 들었던 그 '묘한' 기대감의 어딘가에는 어쩌면 색다른 질문을 기다리는 나의 바람이 숨어 있었는지도 모르겠다. 예

컨대, 낚시에 관한 질문을 받는 것이다. 만약 그런 일이 일어
난다면, 거기에 대답하는 나의 눈빛과 목소리는 사뭇 달라
질 것이다. 더군다나 그 내용은 생동감 있는 말들로 채워질
것이다.

그것은 짙푸른 바닷속으로부터 갓 잡혀 올라온 물고기처
럼 무엇에도 익숙하거나 길들여지지 않은, 그래서 더 선명
한 빛깔을 가진 것일 터이다.

"가수와 낚시 얘기를 나눈다고요?"라고 당신은 물으실지
모르지만, 생각해보세요. 음악이라는 것이 당신의 삶에서
하는 일은 뭘까요? 당신을 무딘 일상에서 잠시나마 벗어나
게 하는 것 아닐까요? 이런 점을 감안하며 음악인을 바라보
는 거죠. 그러면 '새로운 무언가'를 지어내는 것이 음악인이
라는 자연스런 결론이 나옵니다. 자, 이 결론과 '정기적'으
로 '같은 말'만 20여 년 반복해온 조규찬이라는 음악인을 떠
올려봐주세요. 정신을 똑바로 차리지 않았다면, 그간 발표
되어온 그의 음악도 어딘지 모르게 점점 탁해지지 않았을
까요?

인터넷 검색만으로도 충분히 알 수 있을 만한 어느 가수
의 가족관계나 근황에 관한 형식적인 질문이나 그에 대한

   거리에서, 문득

가수의 영혼 없는 대답은 우리나라 방송과 지면 인터뷰에서 이제는 지양되어야 하지 않을까요?

음, 그런 뭔가 비장한 생각이 듭니다. 음….

사족 같지만, 낚시와 저의 창작이 가지는 연관성에 관한 흥미로운 궤변도 들어볼 수 있으실 거라는 생각도 들고요. 그게 더 낫지 않을까요? 그것이 무엇이 되었건, 대답하는 사람이 어딘가 다른 곳에서 얘기한 적 없는 새로운 '무언가'에 대한 '어떤' 얘기를 할 수 있게 해주는 거죠. 그(그녀)의 '생각'을 듣지 않을 거라면, 그저 반복되어온 '말'을 들을 거라면, 굳이 새로운 인터뷰의 자리가 필요할까 하는 의구심이 듭니다.

속에 있는 것들을 구구절절 설명하는 게 반드시 좋은 것만은 아니지만, 기대했던 무언가가 빠진 지난날들의 인터뷰들을 떠올려보면, 자꾸 다음과 같은 느낌이 듭니다.

부드럽지만 생기 있는 상추를 두 잎 겹쳐서 손바닥에 올려둡니다. 불판에서 잘 익은, 그러나 여전히 육즙이 풍부한 등심을 두 점 올려놓습니다. 그 옆에 얇게 썰어놓은 마늘을 두 개 정도 더합니다. 파무침도 빠지면 안 되겠죠? 그리고 쌈장을 쓰윽 바릅니다. 이 모두를 상추로 감쌉니다. 그리고 입으로 가져갑니다. 그런데 상추의 터진 부분으로 등심

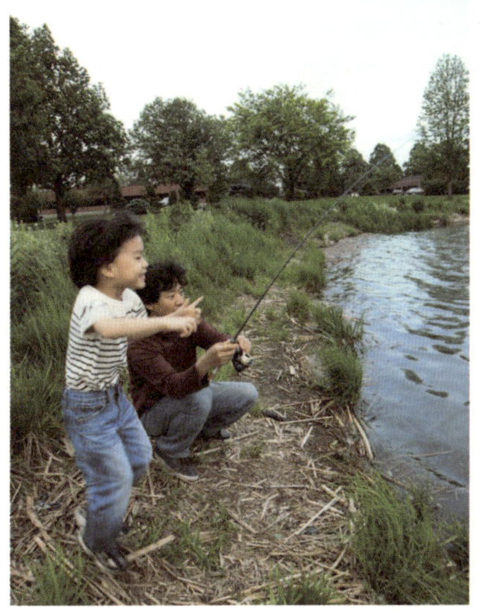

이 그만 빠져나오고 맙니다. 그리하여 저는 고기가 빠진 쌈을 입에 넣고 씹습니다. 기대했던, 꼭 필요한 맛을 놓치게 됩니다.

예외 없는 법칙은 없다는 법칙

닷새 만에 50곡의 드라마 배경음악을 만들어내야 하는 상황이 되었다. 배경음악 사용은 최대한 줄이겠다던 당초 연출감독님의 생각이 촬영 과정에서 바뀌어버린 것이다. 위기다. 왜냐하면 아무리 철저한 작·편곡이 되어 있어도, 그것을 구체적인 사운드로 구현하려면 절대적인 시간이 필요하기 때문이다. 예컨대, 길이가 일분가량 되는 배경음악을 컴퓨터로 녹음 작업하는 데는 '최소' 두 시간은 걸린다. 물론 이것은 작곡에 드는 시간을 제외한, 순수 녹음 작업 시간만을 뜻하는 것이다. 아무것도 없는 무의 상태에서 곡을 만들어내는 일은 원힌다고 해서 아무 때나 되는 것이 아니기에, 50곡을 5일 안에 만들어내는 일은 거의 불가능한 일이라고 볼 수 있나.

처음 음악감독으로서 전체 스태프를 만나던 날에는 상상도 못했던 상황에 놓인 것이다. 드라마의 제목은 TV조선에서 2014년 9월 말부터 방송 예정이었던 〈최고의 결혼〉이다. 나는 최대한 집중하여 하루 동안 10곡가량을 '스케치'했다. 그러니까 주어진 5일 가운데 하루 안에 녹음을 완료해야 하는 물량이다.

문제는, 누가 이 갑작스런 (컴퓨터) 작업을 나와 함께 해 줄 수 있냐는 것이었다. 나는 몇몇 사람들을 떠올렸다. 하지만 그 누구도 이 일에 선뜻 응하지는 않을 것 같다는 생각이 들었다. 입장을 바꿔보면, 나라도 그럴 것 같다. 너무나도 갑작스러운 데다가, 그 작업량도 지나치게 많기 때문이다. 고민 끝에, 결국 나는 내가 출강하고 있는 우송정보대학 실용음악과의 동료인 전영진 교수님께 이번 일을 제안하기로 했다. 지난 학기, 그러니까 2014년 1학기를 지나는 동안―내가 2013년 12월에 미국에서 유학을 마치고 돌아왔으니까, 2014년 1학기는 귀국 후에 내가 처음으로 학생들을 가르치게 된 학기였다―내가 봐 온 그는, 어려움에 처한 동료 교수의 부탁을 무자비하게 거절할 분이 아니셨다(아니 거절하지 못하신다). 설령 그것이 이번 일처럼 갑작스럽고 부담스러워 보여도 말이다.

다행히도 그에 대한 나의 첫인상(?)이 그르지 않았음이 확인되었다. 내가 상황 설명을 하는 동안 그의 표정은 이미 나의 제안을 받아들이고 있었기 때문이다. 나는 안도하며 그에게 녹음 가능한 시간을 물었다. 그는 내게 최대한 친절하고 호의적인 태도로 학교 업무가 끝나는 시간대를 말해주었다.

"아, 네, 교수님. 오늘 같은 경우는 내일 오전 열 시 즈음에 교무처에 제출할 '졸업생 취업률 관련 서류' 정리를 방과후에 조금 처리할 생각이구요, 그래서, 실은, 오늘은 조금 늦은 시간대에 작업이 가능할 것 같습니다. 최대한 서두른다면 대략 밤 열 시 정도부터는 시작할 수 있지 않을까 싶습니다, 네. 혹시 교수님만 괜찮으시다면, 저는 그때 가능할 것 같습니다."

나는 고마운 마음이 가슴 속에 몽글몽글 피어오름을 느꼈다. 하지만 그 감정을 드러내지는 않았다. 왜냐하면 내가 필요로 하는 '방대한' 양의 배경음악 트랙들이 그렇게 하루만에 끝낼 수 있는 작업량이 아님을 잘 알거니와, 그런 고로 그에게 조금 더 욕심을 낸 질문을 해야 했기 때문이다.

"그렇다면 교수님, 혹시…, 주말에는 녹음 가능하신지요?

아무 때나 괜찮습니다. 저는 무조건 교수님 시간에 맞출 수 있어요."

그러자 그가 변함없이 친절한 목소리로 대답했다.

"아, 네, 교수님. 제가 주말에는 일을 하지 않습니다."

나는 그의 상냥한 거절이 얼마나 단호하게 느껴지는지, 무슨 말을 해야 할지, 아무 말도 떠오르지 않았다. 그와 나 사이에는 약 4초간의 침묵이 흘렀다. 하지만 그 침묵을 내버려둘 리가 없는 전영진 교수님이 내게 대안을 제시했다. 물론 목소리의 톤은 변함없는 '친절함'이었다.

"아니면…, 교수님, 이건 어떨까요? 가령…, 주말 대신에 오늘부터 해서 목요일, 금요일, 이렇게 사흘 동안, 방과 후에 처리할 업무들을 끝내고 최대한 빨리 녹음을 시작하는 겁니다." 나는 또다시 고마운 마음이 가슴속에 뭉게뭉게 피어오름을 느꼈다.

그러나 그런 나의 감정을 드러내지는 않았다. 왜냐하면 내가 필요로 하는 '방대한' 양의 배경음악 트랙들이 그렇게

거리에서, 문득

사흘 만에, 그것도 일과를 모두 마친 늦은 밤의 짧은 시간을 쓰는 것만으로 끝낼 수 있는 작업량이 아님을 잘 알거니와, 그런 고로 그에게 조금 더 욕심을 낸 질문을 해야 했기 때문이다.

"그렇다면 교수님, 혹시…, 조금 늦은 시간까지는 녹음 가능하신가요?"

내가 조마조마해하며 (기도하는 마음으로) 물었다.

"아, 네, 대략 몇 시 정도까지를 말씀하시는 건지…."

그가 변함없이 친절한 목소리로 되물었다.

"새벽 두, 세 시 정도까지요?"

내가 조금 더 조마조마하고, 조금 더 간절히 기도하는 마음으로 (질문형으로) 대답했다.
그러자 그가 예외 없이 친절한 목소리로 대답했다.

"아, 네, 교수님. 제가 밤늦게는 일을 하지 않습니다. 다음 날 아침에 일찍부터 처리해야 할 일들도 잡혀 있고요, 네."

그의 깍듯한 거절은, 그 어떤 태도보다도 단호하게 다가왔으며, 내게 그 어떤 설득의 여지도 허락하지 않았다. 나는 외유내강이 생활 속에서 어떤 식으로 발견되는지를 그날 그와의 짧은 대화에서 깨달았다. 동시에, 세상 어디에도 예외 없는 법칙(?)은 없음도 체험했다. 왜냐하면 우리가 그 대화를 나눈 며칠 후에 맞이한 일요일에 그는 나와 함께 음악 작업을, 그것도 새벽 네 시까지 해주었기 때문이다.

"고마워요. 전영진 교수님!"

웰컴 투 코리아

사람들이 많은 곳에 가게 되면, 나는 가끔 혹시 연예인이 아니냐는 질문을 받는다. 그러면 언제나 "아닌데요."라고 대답한다. 물론 누구에게나 거짓말은 유쾌하지 못한 일이겠지만, 그렇다고 그런 나의 행동이 나에 대한 그분(들)의 애매한 질문을 향해 내가 일삼는 일종의 '시위'라고 말하기는 어려울 것 같다. 오히려 그것은 그분들을 위한 나의 작은 배려이다. 내가 만약 그 상황에서 "네, 연예인 맞습니다."라고 대답한다면 그분(들)은 그 자리를 떠나지 못하고, 소중한 시간을 할애하여 내가 누구인지를 알기 위한 대화를 시작해야 하는 상황에 놓이게 될 것이기 때문이다. 게다가 상대방의 입장에서 굳이 받지 않아도 될 나의 사인autograph을 받아주기 위해 펜이나 메모지를 찾아 핸드백이나 배낭을 열심히 뒤져봐야만 하게 된다. 막상 해본다면 이런 일이야말로 진정한 곤욕이다. 이러한 번거로움(?)을 덜어드리려는 마음,

그것 하나다. 맹세코.

그러나 최근에 '어떤 분'으로부터 받은 질문은 그 차원이 달랐다.

그날도 나는 여느 때처럼 학교 강의를 마치고 서울행 기차를 타기 위해 대전역의 동광장을 가로질러 걷고 있었다. 옷깃을 파고드는 바람과 어둡게 내려앉은 하늘이 3월의 오후에 어울리지 않는다고 느낄 즈음, 어느 청년이 내게 다가와 대뜸 물었다.

"저, 혹시 연예인 아니세요?"

나는 실험용 나무망치에 무릎이 무조건 반사하듯, "아닌데요."라고 대답했다.

여기까지는 명확한 매뉴얼이 있으므로 나로서도 그다지 곤란할 이유가 없었다. 문제는 여기에 다시 이어진 그의 질문이었다. 연예인이 아니라는 나의 대답에 고개를 갸웃거리던 그가, 마치 무언가 생각난 것처럼 다음과 같이 다시 물어온 것이다.

"그런데 혹시 여명 씨 아니세요?"

순간적으로 나는 강한 혼란에 빠지고 말았다. 그것은 깊은 잠에 빠진 나의 얼굴에 누군가가 얼음물을 확 끼얹고서, 마장동의 마장동이라는 사람이 잃어버린 발가락 양말을 당

   거리에서, 문득

장 내놓으라며 내 멱살을 쥐고 있는 것 같은, 설명이 안 되는 그런 상황이었다. 나는 그가 농담을 하는 것이리라 믿으며 그의 표정을 확인했다. 그러나 그의 눈은 진지했다. 그래서 나도 '진지하게' 대답했다.

"저는 여명이 아닙니다."

그는 천천히 고개를 끄덕였다. 그러나 그의 시선은 여전히 나의 얼굴을 살피고 있었다. 마치 강한 심증을 가진 수사관이 용의자의 시선을 읽는 것 같은, 그런 느낌이었다. 그래도 이 정도면 됐겠다, 하는 생각에 나의 남은 미소를 그에게 전해주었다. 그러나 그는 떠나지 않았다. 그리고 나에게 세 번째 질문을 해 왔다.

"혹시 중국분 아니세요?"

나는 앞선 '여명' 질문에 이미 노출된 상태였으므로, 이번의 '중국분' 질문에는 다음과 같이—비교적 차분히—대답할 수 있었다.

"저는 중국 사람이 아닙니다."

사실, 이 대답이 거짓이 아님을 증명하기 위해 유창한 한국어 실력을 보여줄까노 잠시 생각했지만, 그러다 보면 그에게 또 다른 의혹을 던져주지나 않을까, 하는 생각에 그만두기로 했다. 그는 잠시 생각에 잠기는 듯하더니, 다음과 같이 말했다.

"그런데 정말 잘생기셨네요."(믿기 어려우시겠지만 정말입니다. 그가 분명 저의 두 눈을 똑바로 쳐다보며 "그 런 데 정 말 잘 생 기 셨 네 요"라고 말했다니까요, 음.)

나는 민망한 마음을 애써 짓누르며 그에게 말했다.

"고맙습니다."

그럴 수밖에 없었다. 왜냐하면 그가 너무나 진지했기 때문이다.

내가 '잘생긴' 사람이 아님은 부정할 수 없는 팩트fact이지만, 그것이 어느 한 사람의 미에 관한 기준을 묵살할 만한 완전한 이유가 될 수는 없는 것이다. 황당했던 건 사실이지만, 동시에 그것은 지금껏 내가 살아오며 단 한 번도 경험해보지 못한―외모에 관한―'진지한' 칭찬이었다. 만약 그 칭찬이 그 청년과의 대화를 마무리하는 것이었다면, 그 칭찬 이전의 황당한 질문들은 모두 내 뇌리에서 사라져버렸을 것이다. 그러나 불행(?)히도 거기에는 내가 들어야 할 비장의 한마디가 아직 남아 있었다. 그 청년은 내게 손을 흔들어 안녕을 고하며 다음과 같은 말을 남겼다.

"Welcome to Korea!"

　　　　　　　　　　　　　　　　　　거리에서, 문득

원석을 찾아서

2014년 11월 17일. 이날은 내가 교수직을 맡고 있는 우송정보대학 글로벌실용음악과의 2015학년도 2차 수시 실기고사가 있는 날이었다. 당연한 얘기겠지만, 실기 시험에서 응시자의 점수를 결정짓는 가장 중요한 기준은 실기 실력이다. 하지만 평가자는 채점을 함에 있어서 신중해야만 한다. 왜냐하면, 응시자의 진정한 음악적 가능성을 실기 시험이라는 제한된 상황에서 오롯이 파악하는 것은 결코 쉬운 일이 아니기 때문이다. 그런 의미에서, 나는 우수한 학생 자원을 혹시나 알아보지 못하고 놓치는 일을 피하기 위해 응시자 한 사람 한 사람을 신중하게 살펴보고 있었다. 그 결과, 노래 실력은 다소 떨어지지만 작곡과 연주에 뛰어난 소질을 보인 응시생 하나를 발견하는 성과를 거두게 되었다.

솔직히 그 학생이 처음 시험장에 들어와서 MR(녹음된 반주)에 맞춰 노래를 부르기 시작했을 때는, 어디서부터 어떻게 평가를 해야 할지 막막함을 느꼈다. 그 정도로 노래 실력은 형편이 없었던 것이다. 하지만 두 번째 시험 곡을 피아노로 연주하는 것과(그 실력이 예사롭지 않았다), 시험의 마지막 항목인 시창을 훌륭히 해내는 모습을 보면서, 이 응시생에게는 '뭔가가 있는 것 같다.'고 느끼게 되었다.

나는 그 학생이 제출한 시험 곡 악보와 자기 소개서를 유심히 들여다보았다. 그리고 그(그녀)가 들려준 곡들이 모두 자작곡임을 알게 되었다. 그 수준이 엄청나게 높은 것은 아니었지만, 적어도 내게는 그것들이 요즘 나오는 대부분의 유행가들보다 오히려 알차고 순수하다고 느껴졌다. 그렇게 나는 그 학생의 소질과 가능성을 보았다. 그런 까닭에, 시험의 수순에 따라 심사위원의 대 응시생 질문 순서가 되었을 때 내가 가장 먼저 질문을 던졌다.

"자기소개서 보니까, 지금 부른 곡들이 모두 자작곡이라고 되어 있는데… 사실인가요?"

"네." 응시생이 짧지만 겸손한 표정으로 대답했다.

"피아노는 배운 지 얼마나 되었나요?"

함께 심사를 하던 교수님께서 질문했다.

"올해 5월부터 시작했습니다." 그(그녀)가 대답했다.

나는 그 대답에 깜짝 놀라지 않을 수 없었다. 왜냐하면 그

(그녀)가 보여준 연주 실력이, 그 짧은 기간에 갖춰졌다고 보기엔 그 수준이 꽤 높았기 때문이다.

"그럼 피아노라는 걸 올 6월에 처음 치기 시작했다는 얘긴가요?" 그 대답에 놀란 피아노 전공 교수님이 반사적으로 질문을 하셨다.

"초등학교 때 바이엘을 조금 친 바는 있습니다." 응시생이 정직한 눈빛과 목소리로 대답했다. 하지만 그(그녀)의 연주는 바이엘을 배움으로써 이를 수 있는 수준이 아니었다.

심사위원석의 모든 교수들은 자신들이 느끼는 놀라움을 드러내지 않으려 했다. 그것은 잠시 동안 시험장에 흐른 정적으로 설명되었다. 물론 그 학생의 말이 모두 진실인가의 여부는 누구도 알 수 없다. 그러나 그 응시생의 말이 다소 사실과 다르다고 해도, 그러니까 그(그녀)가 본인의 주장보다 더 많이 피아노를 배워 왔다고 해도, 그 연주와 작곡 실력이 실용음악과에 입학하기에 충분한 것임은 엄연한 사실이었다.

교수진은 그 학생의 작곡 실력과 연주 실력이 오로지 시험 곡만을 위해 암기된 것은 혹시 아닌지를 검증하려 했다. 그(그녀)의 앞에서 그런 협의를 하지는 않았지만, 이심전심이었던 것 같다.

"그럼 지금 들었던 곡들은 지난 6월로부터 오늘 시험을 치르러 오는 사이의 기간에 쓰였겠네요?" 내가 물었다.

"네." 그(그녀)가 역시 짧고 겸손하게 대답했다.

"한 곡을 작곡하는 데에 소요된 시간은 어느 정도였나요? 물론 다양한 경우가 있겠지만요." 내가 다시 물었다.

"정확히 알 수 없습니다. 왜냐하면 곡 전체를 한 번에 쓰는 대신, 섹션별로 작업하고 그것을 수정 보완한 후 완성되었는지를 결정짓고, 그다음 섹션을 작업하는 방식을 취했기 때문입니다. 말씀하신 기간 동안 몇몇 곡을 동시에 작곡했기 때문에 개별 곡에 소요된 정확한 작업 시간을 알 수는 없습니다."

그것은 충분히 설득력 있는 설명이었다. 왜냐하면 그(그녀)가 들려준 작곡의 과정은 그것을 직접 해보지 않은 이에게서는 결코 나올 수 없는 구체적이고도 명확한 설명이었기 때문이었다. 그럼에도 불구하고 나는 이 놀라운 응시생의 음악적 면모에 관한 마지막 검증을 하기로 하고, 다음과 같이 요구했다.

"그럼 혹시 오늘 시험 곡으로 들려준 곡들 말고, 그간 작곡해둔 곡 가운데 아무 곡이나 지금 들어볼 수 있을까요?"

"네." 짧게 대답한 그(그녀)는 조금의 머뭇거림도 없이 피

 거리에서, 문득

아노 앞에 가서 앉았다.

그리고 연주를 하기 시작했다. 그 곡은, 뭐랄까, 어려운 단어 없이 사람의 가슴에 와 닿는 문장 같았다. 연주 자체에서 드러나는 기교나 곡의 구조에서 발견되는 현학성은 그다지 충격적이거나 획기적이지 않았지만, 그런 요소들을 가지고 곡을 함부로 평하려는 나의 태도를 겸손하게 비웃는 것 같은 느낌, 그런 인상이었다. 그로써, 그 응시생의 (작곡과 연주에 관한) 재능은 검증이 되었다. 그(녀)는 조용히 시험장을 떠났다. 나는 그 응시생의 가수험 번호 옆에 'V' 자 표시를 했다. 그것도 몇 번이나 '꼬옥 꼭' 눌러서 썼다. 개인적으로 작금의 가요계에는 그런 인재가 반드시 필요하다고 느끼고 있었기 때문이었다. 노래만 불러서, 춤만 춰서, 외모만 뛰어나서 신데렐라가 되려는 사람이 너무 많은 까닭에 점점 사라져가는 뮤지션십musicianship 문제가 심각했다.

다른 심사위원이 이 응시생을 어떻게 평가했느냐에 따라 합격 여부가 결정될 것이었지만—왜냐하면 당초 이 시험의 최우선 평가 항복은 가장 실력이었기 때문이다—만약 시험 종료 後 회의에서 이 학생의 가창력 부족이 지적되고 그로 인한 불합격 처리의 당위성이 주장된다면, 나는 가창력만으로 재단할 수 없는 그(그녀)의 음악적 면모를 강하게 어필할

생각이었다. 다행히 모든 심사위원이 이 응시생의 가능성
(재능)을 인정하였고, 점수 집계 결과, 그(그녀)는 합격 처리
가 되었다.

아마도 이 학생이 입학하게 되면, 교수로서 그(그녀)를 가
르치게 되겠지만, 어떤 면에서는 나도 많은 것을 배울 수 있
지 않을까 하는 기대를 갖게 된다. 이처럼 신중한 심사는 훌
륭한 '원석'을 발견하고 놓치지 않도록 한다.

그러나 아무리 신중에 신중을 거듭해도 끝까지 아무것도
발견할 수 없는 경우도 있다. 이번 시험에도 그런 경우가 있
었는데, 음감이 상당히 부족한 응시자가 있었다. 그(그녀)는
준비해 온 MR의 것과 전혀 다른 조key에서 노래를 불렀다.
안타깝게도, 그(그녀)는 그 사실을 곡이 끝날 때까지 모르
고 있었다. 한마디로 그 학생은 음치였다. 그럼에도 불구하
고, 그(그녀)는 넘치는 자신감과 진지한 태도를 시종일관 보
여주었다. 언제부터인가 음악을 만드는 주체의 자리에 타인
(대중)을 세워두고 있는 나의 어딘가를 부끄럽게 하는 모습
이었다(의도한 것은 아니었겠지만).

본인의 모든 시험 순서가 끝났음에도 불구하고, 그(그녀)
는 자신의 실력을 '어필'하기 위해 추가로 준비해 온 것이 있
으며, 그것을 잠깐 들려드려도 되겠냐고 물었다. 심사위원

                                    거리에서, 문득

들 중 한 분이 "그러세요."라고 허락하자, 그(그녀)는 무반주로 들국화의 「그것만이 내 세상」을 부르기 시작했다. 처음부터 끝까지 그 가창은, 객관적인 측면에서는, 형편없기 그지없었다. 하지만 나는 그 모습에 숙연함 같은 것을 느꼈다. 거기에는 누구에게도 뒤지지 않는 음악에의 열정과 사랑이 있었기 때문이었다. 물론 그렇다 해도, 그 '열정'만으로 그 학생을 합격시킬 수는 없었다. 어쩌면 그 응시자에게는 자신의 열정을 발산할 다른 표현 방식이 필요할지도 모른다. 응시자의 음악적 가능성에 관한 '신중한' 접근은, 그(그녀)가 자신에게 음악적 가능성이 있음을 깨닫게 해주기 위해서도 필요하지만, 그와 정반대의 경우에 대한 충고를 위해서도 반드시 필요한 것이다. 슬프지만 어쩔 수 없는 일이다. 그래도 어떤 식으로든, 그 응시생의 삶이 음악과 연결된 어떤 것이길, 그래서 행복할 수 있길 바라고 응원한다. 진심으로.

누구를 위한 금괴일까요

의뢰받은 곡의 편곡 방향에 관한 회의를 마친 뒤, 나는 프로듀서와 제작자에게 인사를 하고 거리로 나섰다. 아침부터 아무것도 먹지 않은 터라 심한 허기가 느껴졌다. 나는 가장 처음 눈에 들어오는 식당에 들어갔다.

김치찌개를 주문하고서 한쪽 벽의 선반 위에 놓인 텔레비전을 보고 있노라니, 인상적인 뉴스 기사가 하나 흘러나왔다. 한 인테리어 업자가 강남의 건물 보수공사 과정에서 시가 65억 원 상당의 금괴를 발견하여 훔친 혐의로 체포되었다는 내용이었다. 나는 눈이 휘둥그레져서 이어지는 보도를 들었다.

사연인즉슨, 치매를 앓다가 사망한 강남의 한 재력가가 있었는데, 그가 살던 집의 보수공사가 진행되는 과정에서 숨겨져 있던 금괴가 발견되었다는 것이다. 공사를 담당했던 인테리어 업자는 그것을 빼돌리게 된 이유에 대해, 특별히 고인에 대해 관여하는 사람이 없는 것 같아서 그런 일을 하게 되었다고 한다. 덧붙여지기를, 해당 금괴는 고인의 유족도 그 존재를 모르던 것이었다고 한다. 그도 그럴 것이, 그들은 이미 한 상자의 금괴를 유산으로 받았다고 한다.

여기까지만 들으면 금괴를 챙긴 그 인테리어 업자가 경찰에 붙잡힐 일은 없어 보인다. 마치 미국의 서부 개척 시대에 도난당한 후 그 행방이 묘연해지고 세월 속에 잊힌 금괴처럼, 그것을 발견한 당사자 외에는 아무도 그 존재조차 모를 상황이었기 때문이다. 하지만 기사의 마지막 내용은 그의 범죄 행각이 결국 어떻게 드러났는지를 설명해 주었다. 그의 내연녀가 모든 사실을 신고했다는 것이다. 모르긴 해도, 그런 엄청난 일을 말해줄 정도로 그녀에 대한 그의 신뢰가 상당히 컸던 모양이다. 하지만 그 관계 자체가 누군가와의 신뢰를 저버린 토대 위에 서 있었다는 점에서, '신뢰'를 운운하는 것 자체가 모순이었을지도 모르겠다.

빌보드 하이웨이

자정을 넘긴 경부고속도로. 나는 서울을 향해 차를 몰고 있었다. 그날에 이르기까지 닷새 동안 거의 수면을 취하지 못한 터여서—최근에 드라마 음악감독을 맡으면서 만난 연출감독이 배경음악에 관해 '경이롭게' 까다로운 탓이다—나는 졸음운전에 대한 걱정을 하고 있었다. 결혼 전에는 이런 식의 염려는 거의 하지 않았지만, 이제는 아빠라서 그런지 매사에 조심스러워진다. 나는 조수석에 쌓아 둔 시디들—미리 준비해둔—가운데 한 장을 골랐다. 처음에는 마이클 잭슨의 『데인저러스Dangerous』 앨범을 들을까도 했지만 그러지 않기로 했다. 왜냐하면 비록 전체적인 사운드가 강렬하다고 해도 일정한 패턴의 반복이 많은 이 앨범의 음악적 특성이 졸음을 유발할 여지가 많다고 판단했기 때문이다. 그래서 선택한 것이 그룹 시카고Chicago의 『시카고 17Chicago 17』 앨범이다.

이 앨범은 프로듀서 데이비드 포스터David Foster와 이 밴드의 보컬리스트이자 베이시스트인 피터 세트라Peter Cetera의 음악적 결합이 절묘하게 이루어진, 그야말로 '세기적 명작'이다. 앨범을 여는 곡인 「스테이 더 나이트Stay the Night」의 도입부—다른 악기 없이 오로지 스네어 드럼의 비트로만 이루어진 파격적 접근—는 나의 첫 솔로 앨범에서 오마주로 사용되었을 정도로 탁월한 음악적 감각을 자랑한다. 마이클 잭슨의 음악과는 대조적으로, 이 앨범을 구성하는 곡들은 그 템포와 사운드들이 변화무쌍하다. 그리고 그러한 변화들이 다양한 자극으로 작용하여 나를 깨어 있게 할 것으로 기대했다. 나의 예측은 적중했다. 그 앨범을 듣는 단 한 순간도 졸림을 느끼지 않았기 때문이다. 한 걸음 더 나아가서, 이 앨범은 나로 하여금 '음악적으로 행복했던' 어느 시간으로 되돌아갈 수 있는 행복을 선사해 주었다.

그 절정은 이 앨범의 세 번째 트랙인 「하드 해비트 투 브레이크Hard Habit to Break」를 들을 때였다. 그 곡에 펼쳐진 관현악의 클래식적 접근과 브라스밴드의 팝적 접근이 충돌하여 일으키는 사운드가, 그것을 들으며 '음악'을 꿈꾸던 나를 되살려주었기 때문이다. 당시 이 곡은 아쉽게도 빌보드 차트에서 1위를 거두진 못했지만, 상위권에 꽤 오래 머물렀던 것으로 기억한다. 그리고 새삼 그 시절 빌보드 차트의 음악적 '권위'를 실감하게 된다. 이 정도는 돼야 빌보드 차트에 오른다는, 마음의 밑바닥으로부터 우러나는 '동의'라고 할 수 있겠다.

나는 문득 최근 빌보드에서 한국 가수가 거둔 성공을 떠올렸다. 그리고 그 성공이 얼마나 엄청난 것인지도 새삼 실감하게 되었다. 왜냐하면 나에게 빌보드는 그 오래전 나의 경외감을 이끌어내던, 나에게는 너무나도 멀고 먼, 닿을 수 없는 별 같은, 음악의 전시장이었기 때문이다.

시간의 감촉

출근길. 나는 초겨울의 거리를 내다보며 버스에 앉아 밴드 스틱스Styx의 「더 베스트 오브 타임스The Best of Times」를 듣고 있었다. 90년대 초반에도 이 곡은 지금과 같은 초겨울의 버스 안에서 이어폰을 통해 내 귓전에 들려왔다. 그때는 워크맨에 꽂힌 카세트테이프에서 재생되었고, 지금은 스마트폰에서 MP3라는 파일의 형태로 실행된다는 차이만 있을 뿐이다. 세월은 흘렀지만, 'Tonight's the night we'll make history. Honey you and I'라며 (음악적) 말문을 여는 보컬리스트 데니스 드영Dennis DeYoung의 목소리는 여전히 당차다.

'인류가 사라져도—그런 일이 있어서는 안 되겠지만—이 음악의 파일은 어딘가에 남아 있겠지. 스티븐 스필버그 감독의 영화 〈A.I.〉에서 인류 멸망 후 여전히 푸른 요정을 기다리는 인조 소년처럼.'

녹음 기술은 인류사에 있어서 정말로 위대한 발명이다. 왜냐하면 그것은 질량이 없는 현상을 붙잡아두는 기술이기 때문이다. 그것은 시간을 저장하는 일이다. 영상 녹화나 사진 촬영 따위도 이와 같은 맥락에서 볼 수 있겠지만, 음악만큼 범우주적 언어—음pitch과 박자rhythm, 그리고 화음harmony—를 짧은 실행 시간 안에 집중적으로 담아놓는 경우는 아니다.

내가 2014년 초겨울에, 서울 어딘가를 지나는 버스에 앉아서, 1979년의 미국 어딘가에서 녹음된 밴드 스틱스의 「더 베스트 오브 타임스」를 듣는 일은, 그렇기 때문에 경이로울 수밖에 없는 것이다.

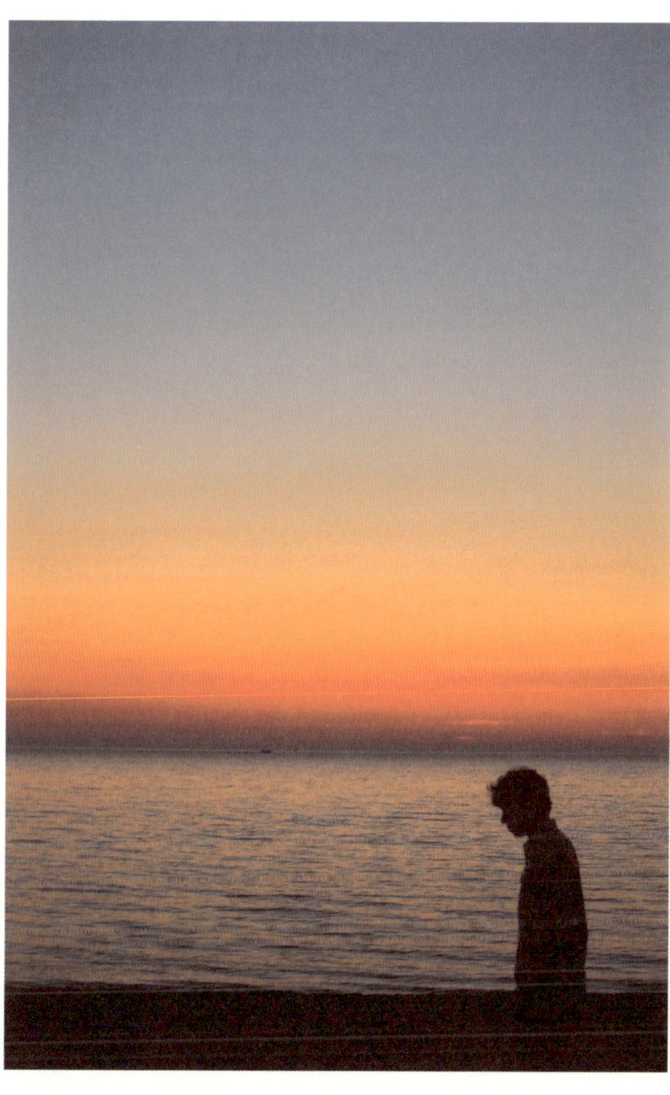

조규찬 10집에 관하여

『Remake』, 『달에서 온 편지』, 『9집』….

이렇게 세 앨범은 다시 듣고 싶은 마음이 안 생기는군요…. 그중에서 특히 9집은 한번씩 들을 때마다 '내가 도대체 누구 앨범을 산 거지???' 이런 의문이 들었습니다.

제가 느끼기에 세 앨범의 공통된 특징은 기존 앨범에 있던 어떤 알맹이(?)가 사라지고 그 틈을 기교로 메꾸어놓은 그런 앨범들이었습니다.

—2014년 3월 27일, 규찬닷컴 게시판에 올라온 글

'10집을 기다리며'의 한 부분

《깊이에의 강요》라는 소설 속 주인공은 '작품의 깊이가 없다'는 비평가들의 말에 결국 자살을 하게 됩니다. 그들의 '깊이가 없다'는 말은 작가의 의식과 시간과 혼이 담긴 작품에 관한 다분히 막연하고 일방적인 재단이었기 때문입니다.

그 '알맹이가 사라지고 그 틈을 기교로 메워놓은' 『Remake』, 『달에서 온 편지』, 『9집』을 만들어내기 위해 태워버린 수없는 밤들과 아침들과 낮들이 누군가에 의해서는 이렇게 간단명료하게 단정되다니, 참으로 놀랍습니다.

정중히 부탁 올립니다. 조규찬의 '기교 없이 알맹이로 채워진' 10집은 기대하지 말아주세요. 왜냐하면 그는 《Remake》, 《달에서 온 편지》, 《9집》을 만드는 내내 그의 안에서 우러나온 '알맹이'를 이미 담아냈기 때문입니다. 거기에서 찾지 못하셨다면, 앞으로도 힘드실 겁니다.

칭찬만 해달라고 투정 부리는 것이 아닙니다. 음악에 관한 실체 없는 칭찬—실제로는 그 음악인의 음반, 음원이나 공연은 전혀 찾지 않으면서 하는 인사치레—은 그도 이제 원치 않을 테니까요.

마음에 들지 않아서 듣지 않으시는 것에 대해서는 불만 없습니다. 하지만 그 사람의 시간과 진심을 옆에서 지켜본 적이 없다면, 그의 마음과 의도를, 불특정 다수 앞에서, 그렇게 쉽게 잘라 말하지 말아주세요. 객관적 근거 없이 단정 짓지 말아주세요.

이 글이, 조규찬이 반응을 보였다는 점에서, 익명성 속에서 자기 과시를 하려는 객기 어린 글들—앞의 인용된 글은

그들에 포함되지 않습니다—을 양산하게 되는 그릇된 시그
널이 되지 않기를 바랍니다.
　감사합니다.

　　　　　　　　　　　　　　　　　　거리에서, 문득

처녀비행

오랜만의 강남행. 아침 일찍 차를 몰아 압구정동의 K미용실을 향했다. 그곳은 내가 텔레비전 프로그램 출연이 있을 때마다 단장을 위해 들르는 곳이다(그날은 대전 MBC에서 〈허참의 토크 앤 조이〉라는 텔레비전 토크쇼 출연이 있을 예정이었다). 아직 출근길 정체가 여전한 시내를 지나온 터라, 미용실 건물 앞에 도착한 나는 아침답지 않은 피로감을 느꼈다. 하지만 나는 '영차' 하는 마음으로 얼굴에 '스마일'을 새겼다. 건물 7층에 올라 헤어스타일링실에 들어서자, 낯익은 카운터 직원들이 내게 인사를 했다.

나도 오랜만이라는 의미의 미소를 담아 답례를 했다. 그리고 이어서 말했다.

"예약을 했습니다."

"네, 잠시만 기다리시면 안내해드릴게요." 카운터 직원이 친절하게 대답했다.

잠시 후, 호출된 어느 젊은 직원이 내게 다가왔다. 처음 보는 얼굴이었다. 나는 그의 상기된 표정에서 그가 신입 직원인 것 같다는 느낌을 받았다.

"예약되어 있으신가요?" 마치 정해진 대사를 하듯이 그는 물었다. 아마도 교육받은 절차를 따르는 것 같아 보였다.

"네." 내가 대답했다.

"성함이 어떻게 되시죠?" 그가 진지하게 물었다.

"조규찬이라고 합니다." 내가 대답했다.

"샴푸하고 오셨나요?" 그가 물었다.

"네." 내가 미소 지으며 대답했다.

"외투는 벗어 주시면 저희가 보관해드리겠습니다." 그가 두 손을 앞으로 모으고서 나의 외투를 기다렸다.

내가 옷을 벗어주자 그는 쏜살같이 달려가서 그것을 보관함에 넣은 후 내게 돌아왔다.

"준비된 가운 입으시겠습니다." 그가 말한 뒤 나의 가운 착용을 도왔다.

"이쪽으로…." 그는 고위직 공무원을 수행하는 것처럼 나를 안내했다. 따라가 보니, 샴푸실이었다. 나로서는 그 상황이 난감했다. 고속도로 운전을 여유 있고 안전하게 하기 위해, 미용실에서의 시간을 줄이고자 머리를 미리 감고 간 터였기 때문이다. 하지만 나의 담당 미용사가 다른 손님의 머리를 만지고 있음을 확인하고서 그냥 그를 따르기로 했다.

내가 앉은 의자가 천장을 바라보며 뒤로 눕혀지고, 그가 물을 틀어 내 머리를 적시기 시작했다. 수온이 지나치게 높은 것 같았다. 하지만 그는 내가 평상시 받아온 "물 온도는 괜찮으세요?"라는 질문을 하지 않았다. 아마도 깜박 잊은 모양이었다. 하지만 나는 굳이 그것에 관해 말하지 않기로 했다. 그 정도면 견뎌낼 수 있는 온도였고, 괜히 까다로운 손님이 되고 싶지도 않았기 때문이다.

머리가 충분히 적셔지자 그가 물을 잠갔다. 그리고 향기로운 샴푸를 짜내어 나의 머리에 비벼 발랐다. 샴푸의 거품이 일고 그의 손이 나의 머리 구석구석을 꼼꼼하게 문질렀다. 나는 눈을 감고 그에게 나의 머리를 맡겼다. 그런데 그 세심함이 조금 지나쳐지고 있었다. 머리를 적신 물의 온기가 다 사라지고 두피가 시려올 때까지 그가 계속하여 나의 머리를 부비는 것이었다. 그 소요 시간이 평소에 체감하던 것의 다섯 배는 족히 넘었던 것 같다. 과장 없이 말하자면, 나중에는 두피가 아파올 정도였나. 마침내 다시 물을 튼 그가 나의 머리를 헹궈주었다.

그는 수납장에서 수건을 꺼내어 내 머리의 물기를 닦아

내주었다. 그리고 나를—역시 고위직 공무원을 모시듯—자리로 안내했다.

잠시 후 담당 미용사가 다가왔다. 그녀는 스타일링하기에는 다소 긴 나의 머리 길이를 지적하고서 가위를 들었다.

노련한 손놀림으로 ‘커트’를 하고서, 역시 숙련된 솜씨로 나의 헤어스타일을 완성해주었다. 거울 속의 나에게 그녀가 물었다.

“마음에 드세요? 더 원하시는 부분이 있으시면 말씀해주세요.”

“좋은데요.” 내가 흡족하여 대답했다.

“수고하셨습니다.” 그녀가 웃으며 인사했다.

“감사합니다.” 내가 미소 지으며 화답했다.

이제 머리는 됐고, 다음으로 아래층의 메이크업실에 갈 차례였다. 거기에서 화장까지 마치고 나면, 늘 그렇게 해온 것처럼, 다시 올라와서 옷을 찾고 커트 비용을 계산할 요량이었다. 내가 그곳을 나서려 하자, 좀 전에 머리를 감겨준 직원이 내게 황급히 달려오며 외쳤다.

“커트 비용 계산하셔야죠.”

나는 그에게 아래층에 다녀와서 계산하려던 참이었다고 말할까도 생각했지만, 그렇게 하지 않았다. 나의 그 말을 카운터 직원들(나를 이미 알고 있는 직원들)이 듣게 된다면, 그 상황의 분위기가 서로에게 어색할 것 같았기 때문이다. 나는 그에게 내 옷을 가져다달라고 부탁했다. 그는 쏜살같이 내 옷을 가져와서 내게 전한 후, 두 손을 모으고 카운터 옆에서 내가 커트 비용을 계산하기를 기다렸다. 나는 신용카드를 지갑에서 꺼내어 그 값을 치렀다. 내가 영수증을 받아 들자, 그가 나를 아래층의 메이크업실로 안내했다.

그렇게 그와 헤어졌다.

솔직히 말하자면, 이런저런 불편함이 있었고, 그것이 그렇게 유쾌할 일은 아니었다. 하지만 그날 내가 만난 그 신입 직원의 모습은, 그다지 나의 마음을 상하게 하지 않았다.

어떤 면에서 그 모습은 과잉 의욕이었다고 볼 수도 있겠지만, 뭐 어떻습니까. 그분도 차차 배워가시겠죠. 조금 과해도, 조금 실수해도 괜찮습니다. 에너지 넘치는 젊음들의 하루, 오늘도 파이팅입니다!

케니 지 이야기

내가 출강하는 우송정보대 실용음악과도 이제 2014년 겨울 학기를 맞이했다. 이 기간 동안 학생들은 본인이 원하는 교수의 수업을 신청하여 들을 수 있게 되어 있다. 어떤 학생들은 보컬 전공이지만 피아노 연주를 더 배우려고 하기도 하고, 또 어떤 학생들은 작곡 전공이지만 보컬 수업을 들으려고 하기도 한다. 나의 강의를 신청한 학생들은 모두가 보컬 전공인데, 좀 더 집중적인 보컬 테크닉을 배우고자 하는 경우가 많았다.

그중에 한 학생은 지난 2학기를 보내면서 재즈 보컬에 관심이 '부쩍' 늘어 있었다. 레슨에 들고 온 곡이 다이애나 크롤Diana Krall의 「데블 메이 케어Devil May Care」일 정도였다. 이 곡은 템포가 대략 143은 되는, 그러니까 상당히 빠른 템포의 비밥Bebop 곡이었다. 이런 종류의 곡에서는 대부분 '치열한' 연주—복잡한 스케일scale과 모드mode를 사용하는 속주—가 이루어지고, 그에 발맞추어 보컬 또한 구현해내기 상당히 까다로운 선율과 리듬 패턴으로 구성된다. 다이애나 크롤의 곡도 예외는 아니었다. 다행히(?) 이 학생의 선곡을 겨울 학기 시작 한 주 전에 알았던 터라, 나는 미리 이 곡을 들어볼 수 있었다.

내가 선택한 것은 그녀의 파리 공연(Live Paris) 버전이었는데, 보컬 멜로디의 리듬 패턴 분석이 꽤 까다로웠다. 왜냐하면 그것을 둘러싼 연주의 리듬 패턴이 듣는 이로 하여금 각 마디의 첫 번째 강박조차 알 수 없게 만드는 복잡성을 띠고 있었기 때문이다. 오랜만에 그런 음악을 듣고 있노라니, 일리노이 주립 대학교 유학 시절에 수강했던 재즈 즉흥연주Jazz Improvisation 수업이 떠올랐다.

나와 함께 그 수업을 들었던 학생들은 한 학기 내내 존 콜트레인John Coltrane—미국 재즈사에 한 획을 그었다고 평가되는 하드 밥hard bop, 모던 재즈modern jazz 색소폰 연주자—의 솔로들을 분석해야 했는데, 다들 용하다 싶을 정도로 그 일을 잘 해낸 것으로 기억한다. 내가 들었을 때는 그 음들이 사람의 귀로는 감지되지 않을 정도로 시독한 속주였음에도 불구하고, 그들은 매 수업을 편안한 얼굴로 맞이했던 것이다. 그들이 해 오는 콜트레인 솔로의 분석과 채보는 완벽에 가까웠다. 심지어 그들은 분석해 온 내용(상상을 초월하도록 빨리 연주되어야 하는 멜로디)을 각자의 전공 악기로 어렵지 않게 연주해내기까지 했다. '음감에서만큼은 나도 너희들에게 뒤처지지 않아!'라고 생각하는 나였지만, 그들의 분석 속도와 정확도를 경험하게 되면서부터는, 그들을 인정할 수밖에 없게 된 것이다.

그런 뛰어난 기량들 때문인지, 그들은 자신들이 재즈 뮤지션이라는 사실에 상당한 '긍지'를 가지고 있는 듯했다. 더 나아가, 재즈(비밥이나 모던 재즈) 외의 음악은 그 음악적 수준이 재즈에 비해 낮다는 의식을 공공연히 드러내곤 했다. 그 예로, 내가 그들과 함께 들었던 뮤직 비즈니스Music Business 수업에서의 '케니 지Kenny G 논란'을 들 수 있다. 내용인즉슨, 상업적인 성공을 거둔 재즈 뮤지션의 분류에 케니 지도 포함된다는 지도교수의 말에 학생들이 강한 반론을 제기한 것이다. 그들은 심지어 케니 지를 음악적 진정성이라고는 찾아볼 수 없는 장사꾼으로 비하했다.

나는 그들이 왜 그렇게까지 심한 말을 하는 건지 궁금했다. 왜냐하면, 그 시점 이전까지는 그런 식의 원색적 발언을 하는 그들의 모습을 단 한 번도 본 적이 없었기 때문이다. 그래서 나는 그들에게 왜 그렇게 생각하느냐고 물었다(수업 자

체가 토론 형식이라 가능한 일이었습니다). 그러자 트럼펫 전
공인 학생이 대답했다.

"케니 지의 연주에는 보캐뷸러리vocabulary(연주자가 솔로에
사용하는 스케일, 모드 따위)가 매우 제한되어 있기 때문입니
다. 그의 음악은 재즈로서 인정받을 만한 요건을 충족하지
못합니다."

"Yeah!" 나머지 학생들이 동조했다.

"그의 음악이 재즈가 아닌 것과 그에게 음악적 진정성이
없다는 것에는 어떤 상관관계가 있는 건가요?" 내가 다시 물
었다. 그러자 강의실 전체가—어떻게 저런 질문을 할 수 있
느냐는 분위기로—술렁였다. 이번에는 색소폰 전공인 학생
이 대답했다.

"케니 지는 재즈 뮤지션도 아니면서 재즈에 대한 존경심
이 없습니다. 예를 들어, 그는 루이 암스트롱Louis Armstrong의
「왓 어 원더풀 월드What a Wonderful World」 오리지널 음원을 가
져나가, 거기에 사신의 색소폰 연주를 더빙하는 방식으로
컬래버레이션 음원을 발표했습니다. 이것은 재즈의 전설인
아티스트의 이름과 예술혼을 장사에 이용한 것입니다."

"Yeah!!" 다른 학생들이 조금 더 강하게 동조했다. 그 시
점에서 지도교수가 개입했다.

"저도 그 의견에 충분히 일리가 있다고 생각합니다. 하지만 케니 지의 컬래버레이션 음원이 창출한 대중적 파급 효과는 상당했다는 점도 간과해서는 안 될 것입니다. 그를 통해 최근 몇 년간 대중으로부터 점점 외면을 받아온 재즈 음악이 대대적으로 재조명되는 기회를 얻은 것도 사실이니까요. 또한, 이 음원으로 거둔 상업적 성공의 수혜자에 루이 암스트롱의 유족이 포함되었음은 부인할 수 없는 사실일 것입니다."

강의실에는 잠깐의 침묵이 흘렀다.

그리고 이번에는 드럼 전공인 학생이 발언했다.

"저는 기본적으로, 그가 재즈 뮤지션이냐의 여부에 관해서는 관심 자체가 없습니다. 이런 얘기로 수업 시간을 계속 써야 하나요?"

"그래요. 이 문제는 우리가 신중히 생각해 봐야 할 일인 것 같습니다만, 배워야 할 다른 것들도 놓쳐서는 안 되겠죠. 남은 얘기는 다음 시간에 조금 더 다뤄보기로 합시다." 지도교수가 논의를 마무리했다. 그런데 또 다른 학생이 손을 들어서 교수에게 발언 의사를 알림으로써 주제 전환을 막았다. 그는 평소에는 좀처럼 발언을 하지 않는 아프리칸 아메리칸으로서, 색소폰 전공생이었다. 지도교수가 턱을 가볍게 앞으로 내밀며 허락을 표하자, 그는 강한 어조로 발언을 하기 시작했다.

"저는 케니 지가 여기에서 왜 그렇게 비난을 받아야 하는지 이해할 수가 없습니다. 그가 여러분이 말하는 '전설적인' 재즈 뮤지션의 음원을 가져다가 그 위에 자신의 연주를 덧입힌 것이 도덕적으로 어떻다는 것입니까. 여기 있는 사람 중에, 오늘 거론된 케니 지의 경우처럼, 그렇게 막대한 수익을 얻을 기회가 왔을 때 그것을 거부할 수 있는 사람 있으면 손을 들어보세요." 그가 모든 학생들을 천천히 바라보았다. 아무도 그에 반박하지 않는 것을 확인한 후, 그가 말을 이어갔다.

"케니 지를 폄하하는 여러분의 진짜 마음을 들여다보기 바랍니다. 그것이 정말 음악적인 이유였는지, 아니면 내가 가지지 못한 것을 가진 누군가에 대한 질투심이었는지 말입니다. 내 생각에는 여기 있는 누구도 솔직하지 못하다고 생각합니다." 강의실에는 여전히 침묵이 흘렀다. 그때, 수업 종료 종이 복도로부터 들려왔다.

그날의 '케니 지 논란', 그 전까지 미국의 학교 사회에서 내가 경험해온 것과는 다른 분위기를 보여주었다. 왜냐하면, 어떠한 대상을 비난한다 하더라도 그들이 그렇게 원색적인 표현을 쓰는 경우는 본 적이 없었고, 다른 사람의 의견을 노골적으로 공격하는 일 또한 매우 드물었기 때문이다. 아마도, 그들에게는 재즈 뮤지션으로서의 정체성이 그만큼 중요했나 보다. 음악에 위아래가 있다고 말하는, 재즈와 '비非재즈' 음악을 수직 관계로 놓는 그들을 보면서 씁쓸한 마음도 들었지만, 평소 그들의 모습을 보면 그들의 강한 자긍심이 이해되기도 한다. 그들은 열심히 연습한다. 정말로 열심히.

아, 그런데 한 가지 말씀드리자면, 서두에서 언급한 그들의 빠르고 정확한 콜트레인 솔로의 분석에는, 음악을 느리게 실행되게 하는 애플리케이션이 사용된 사실이 확인되었습니다(공부를 마치고 한국으로 돌아오기 직전에 알게 되었답니다).

뭐, 특별히 별다른 뜻은 없습니다.

행복을 찾아서

요즘 나의 차 안에서는 80년대의 팝 음악이 흐른다. 여기에서 말하는 '80년대'는 내가 그 음악들을 즐겨 듣던 시기를 의미한다. 그 곡들이 언제 발표되었는지는 나도 잘 모른다. 하지만 그들과 나는 그때 서로를 마주쳤고, 그것으로 그들은 나의 80년대가 되었다.

때가 되면 나는 그때로 돌아간다. 음악을 듣는 일이 더 이상 행복하지 않을 때가 바로 그때이다. 이번에는 2014년의 어느 가을날이다. 그날 나는 드라마 음악 녹음을 위해 용산으로 차를 몰고 있었다. 평소에는 FM 97.3MHz를 통해 뉴스와 시사를 듣지만, 그날은 음악이 듣고 싶었다. 그래서 나는 채널을 바꿨다. 거기에서는 어느 걸 그룹의 노래가 나오고 있었다. 그 목소리들은, 사람의 것이라기보다는 기계의 것에 가까웠다. 오토 튠auto tune(가창된 목소리의 음정 보정 기능)이 극단적으로 사용된 탓이다. 그 '완벽함'에 금방 피로

감을 느낀 나는, 다시 채널을 바꾸었다. 이번에는 어느 밴드
의 노래가 나왔다.

텔레비전 오디션 프로그램 출신인 이 밴드는 2010년대의
대중으로부터 좋은 반응을 얻고 있다고 들었다. 그런데 나
는 그 음악의 어디를 좋아해야 할지, 알 수가 없었다. 거기에
사용된 화음의 흐름에서도, 멜로디에서도, 그 멜로디를 표
현한 목소리에서도, 나의 공감을 이끌어내는 것을 찾을 수
가 없었다. 솔직히 말하면, 좋지 않은 느낌이었다(그 밴드에
게 나쁜 감정은 없습니다. 그저 제 취향입니다).

다시 한 번 채널을 바꿔보니, 이번에는 어느 미국 여자 가
수의 노래가 나왔다. 사운드 좋고, 구성도 탄탄하고, 다 좋았
다. 그런데 목소리가 사람 소리 같지가 않았다. 마치 샘플링
된 목소리를 건반으로 연주하는 것처럼 들렸다. 맛으로 비
유하자면, 마요네즈와 치즈를 잔뜩 집어넣은 햄버거의 풍부
하고 빈틈없는 맛깔스러움 같았다.

나는 다시 처음의 채널로 돌아갔다. 거기에서는 새로 출
간된 소설의 저자와 프로그램 진행자가 책의 내용에 관한
대화를 나누고 있었다. 다른 때 같았으면 그 내용에 귀를 기
울였겠지만, 그날은 그것도 별로 내키지 않았다. 그래서 결
국 라디오를 껐다. 녹음이 있는 건물의 지하 주차장에 차를

대고서, 나는 생각했다. '아, 음악 듣고 싶다.'

나는 그 자리에 앉은 채로 휴대폰의 메모장을 열었다. 그리고 곡목들을 적어 내려갔다. 나의 80년대를 다시 데려왔다.

John Waite, 「Missing You」

Huey Lewis & The News, 「Power of Love」

Denis DeYoung, 「Desert Moon」

Phil Collins & Philip Bailey, 「Easy Lover」

Steve Perry, 「Oh Sherrie」

Journey, 「Faithfully」

Pink Floyd, 「Us and Them」

Pop Concerto Orchestra, 「Eden Is A Magic World」

Styx, 「The Best of Times」

Rainbow, 「Rainbow Eyes」

Ozzy Osbourne, 「Goodbye to Romance」

Paul McCartney, 「No More Lonely Night」

Rick Springfield, 「Jessie's Girl」

Player, 「Baby Come Back」

Hall & Oates, 「Kiss on My List」

Paul McCartney & Michael Jackson, 「Say Say Say」

……

나는 가수다 세 번째 시즌

2015년 1월. MBC TV의 〈나는 가수다〉 세 번째 시즌이 시작되었다. 그리고 나는 〈음악 감상실〉이라는 코너에 출연하게 되었다. 앞 선 시즌으로 말하자면, 자문 위원 같은 자격이다. 물론, 그때 정도로 무게감이 있는 것은 아니고 예능적인 접근의 성격이 강하지만, 그래도 여전히 경연에 관한 코멘트를 하는 자리임에는 틀림이 없었다. 〈나가수〉 역사상 몇 안 되는, 빠른 탈락의 주인공 중 한 명이었다는 점에서, 내가 다른 가수들의 경연을 가지고 왈가왈부한다는 것이 모순일지도 모르겠지만, 나의 쓰라린 경험을 현재의 경연에 비추어보면, 나름대로 도움(?)이 되는 얘기도 할 수 있지 않을까 하는 생각으로 출연을 결정하게 되었다(궤변도 이 정도는 되어야 궤변이겠죠?).

첫 번째 경연의 참가자들은 박정현, 소찬휘, 하동균, 효린, 양파, 그리고 스윗 소로우였다. 나는 개인적으로 친분이 있는 스윗 소로우의 선전을 기대하며—'선호도 조사'라는 이름의—1라운드 첫 경연을 지켜보았다. 여기에서 경연가수들에게 주어진 수행과제는 '자신의 대표곡 부르기'였다.

스윗 소로우는 그들의 대표곡인 「아무리 생각해도 난 너를」을 가지고 나왔다.

그들은 보컬 앙상블의 특성을 최대한 살리려는 의도가 보이는 보컬 편곡을 들고 나왔다. 그리고 멋진 하모니를 구현해냈다.

그 사운드는 세계적인 팝페라 그룹인 '일 디보Il Divo'의 그것을 닮아 있었다. 하지만 경연 결과는 의외였다. 그들이 최하위인 6위로 평가된 것이다. 나는 결과 발표 후 대기실로 돌아온 그들을 만났다. 그들의 표정은 담담했지만, 그 안에는 혼란스러움 같은 것도 담겨 있었다. 나는 그것이 어떤 느낌인지 누구보다 잘 안다. 나의 음악이 '나' 그 자체라는 점에서, 나의 음악적 표현이 다른 가수들과 비교되어 최하위로 평가받는 것은, 나의 정체성 자체를 군중으로부터 부정당하는 것과 같은 느낌이고, 그것은 내가 뮤지션으로서 존재하는 최소한의 자존심을 강탈당한 느낌인 것이다. 나는 그들에게 내가 경험했던 〈나가수〉의 현실'을 말해 주었다. 그것은 참가자의 음악적 이상과 경연 현장에서 짧은 시간 안에 청중평가단을 설득하는 일 사이의 괴리에 관한 것이었다. 스윗 소로우 멤버들은 나의 얘기를 들으며 고개를 끄덕였다. 하지만 진정한 의미의 수긍은 아니었다. 그것은 마치 오랜 세월 검술을 익혀온, 어느 경지에 오른 무사가, 이제는 총을 사용하는 시대이므로 당신의 검술은 더 이상 경쟁력이 없다는 어느 개화파 졸부의 얘기를 듣고 있는 표정과도 같았다. 그러니까 그때 내가 스윗 소로우에게 하고 있던 일은, 내가 〈나가수〉에서 탈락했을 때 나를 위로(?)하던 사람들이 내게 하던 일과 같은 것이었다고 할 수 있겠다. "선곡이 너무 어려웠어요. 사람들이 잘 아는 곡을 했으면 더 좋았을 것 같아요. 아, 그래도 그렇지, 오늘 정말 좋았는데…, 정말 이해가 안 돼요. 다른 가수들처럼 뭔가 강하게 터지는 게 더 필요하지 않았나 하는 생각도 들지만, 그래도 좋았는데…, 정말 아쉬워요."

나는 내가 좋아하는 후배인, 진정성을 가지고 음악을 해온 스윗 소로우 멤버들이, 내가 겪었던 일을 경험하지 않았으면 하는 바람을 가지게 되었다. 첫 라운드의 본격적 경연이 다음 주부터 시작될 터였고, '선호도 조사' 경연은 탈락 결정 여부에는 적용되지 않는 것이었으므로, 나는 그들에게 앞으로 있을 경연에 대해 얘기를 나눠보자고 제안했다.

그들은 나의 제안에 흔쾌히 응했다. 나는 MBC를 떠나 스윗 소로우와 함께 그들의 작업실에 갔다. 먼저 나는 그들에게 물었다. 그것은 〈나는 가수다〉라는 경연에서 그들이 해야 할지도 모르는 '선택'에 관한 것이었다. 가령, 〈나가수〉라는 독특한 틀에서 통용되는, 그러니까 '경쟁에서 이길 수 있는' 선곡과 편곡, 그리고 가창 패턴을 사용하느냐, 아니면 기존에 그들이 사용해 온 음악적 어법만을, 탈락 여부에 상관없이, 밀고 나가느냐의 문제이다. 스윗 소로우 멤버들의 대답은 간단했다. 그들이 행복할 수 있는 선곡과 편곡, 그리고 거기에 따른 가창이면 좋겠고, 이왕이면 많은 기회를 얻어서 그들의 음악을 더 많은 사람들에게 알리고 싶다는 것이었다. 나는 그들에게 말했다. 〈나는 가수다〉라는 상황은, 그것이 경연이라는 점에서, 짧은 시간 안에 청중평가단의 마음을 끌어당길 수 있는, 가장 강렬한 스윗 소로우의 음악적 스냅 샷을 보여주는 일과도 같은 일일 것이라는 충고였다. 그리고 거기에는 일정한 공식 같은 것이 있는 듯하다고 말했다. 예컨대, 선곡은 누구에게나 잘 알려진, 가급적 다양한 세대에게 공감을 얻을 수 있는 것이어야 하고, 편곡에는 기승전결의 드라마가 극대화 될 수 있는 기법이 사용되어야 하며, 가창은 그 편곡의 드라마와 궤를 같이 해야 한다는 것이

    거리에서, 문득

었다.

그 첫 번째 시도로, 나는 그들이 기존에 해오던 앙상블 위주의 보컬 편곡에 과감한 변화가 필요함을 말했다.

앙상블은 주로 화음의 표현에 초점이 맞춰지고, 그로 인해 개개인의 목소리는 각각의 음악적 개성 표현에 상당한 제약을 받게 되는데, 바로 이 점 때문에 그들의 가창에서 멜로디의 흐름이 관객에게 제대로 전달이 되지 않는 약점이 있다는 이유에서였다. 조금 더 긴 호흡으로 관객을 만나는 자리라면, 굳이 이런 점을 감안하지 않아도 관객과의 소통에 큰 문제는 없을 테지만, 〈나가수〉 경연에서는 약 4분 30초라는 제약된 시간 안에 사람들을 설득해야 하므로, 곡의 멜로디가 제대로 전달되지 않으면 관객은 경연자의 주관적 감정선을 따라가지 못하게 되는 것이다. 구체적 대안으로 나는 스윗 소로우 멤버 각각에게 경연곡의 멜로디를 솔로로 표현할 부분들을 분할 담당하고, 그 표현의 디테일에 집중하자는 제안을 했다. 물론 그들이 그런 일을 해오지 않은 것은 아니지만, 좀 더 본격적인 의미에서 솔로 가창의 임팩트를 강화하자는 의미였다. 다시 말하자면, 사실상 솔로 보컬로서의 가창력을 발휘하는 역할을 주로 담당해 온 성진환은 물론, 나머지 멤버의 가창도 솔로로서의 강한 역량을 지님

으로써, 앙상블을 배제한 멜로디 표현의 흐름만으로 청중평
가단의 공감을 얻어내야 한다는 의미였다. 스윗 소로우 멤
버들도 동의했다.

그를 위해서는 '호소력 있는' 멜로디로 이루어진 곡의 선
택이 필요했다. 나와 얘기를 나누기 전에 그들이 골라두었
던 곡은 아름다운 곡이었지만 그 멜로디의 흐름에 〈나가
수〉식 드라마'가 부족해 보였다. 나는 그들에게 다시 선곡을
해 보자고 제안했다. 이미 편곡이 거의 끝난 상태였음에도
불구하고, 그만큼 경연 날까지 남은 시간이 촉박한 상황이
었음에도 불구하고, 그들은 새로운 곡을 찾아보는 일에 동
의했다. 우리는 장시간에 걸친 회의를 가졌다. 그리고 '더 클
래식'의 「마법의 성」을 첫 경연곡으로 선택했다. 그것은 〈나
가수〉에서 통할 만한 나름의 공식이 적용된 결과였다. 반복
하는 말 같지만, 일단 선택된 곡은 다양한 연령대에 잘 알려
진 것이어야 했다(「마법의 성」을 모르는 이는 드물다). 또한 그
멜로디의 흐름에 기승전결이 있어야 했다. 즉, 도입부와 절
정부만 있는 A B 형식보다는, 도입부와 전개부, 그리고 절정
부가 있는 A B C 형식이 상대적으로 더 '친절한' 감정선을
제공한다. 그리고 바로 「마법의 성」이 후자에 해당하는 형식
을 지닌 것이었다. 물론 이러한 이성적 계산만으로 선곡을

　　　　　　　　　　　　　　　　　거리에서, 문득

한 것은 아니었다. 스윗 소로우 멤버들이 이 곡을 좋아한다는 전제가 없었다면, 아마도 위에 장황하게 설명된 선곡의 원칙은 아무 소용이 없었을 것이다.

다음으로 우리는 원곡 구성의 토대 위에 조금 더 극적인 흐름을 부여하기 위해, 1절의 도입부와 전개부를 거친 뒤, 절정부로 갈 때 전조(원래의 조성으로부터 상향조정된 새로운 조성)를 했다. 또한 2절의 절정부에는 원래의 멜로디보다 높은 음역대에서 이루어지는, 호소력 짙은 애드립 라인을 만들어서 배치했다. 더 나아가 2절 후렴과 맞물리는―절정부의 코드진행으로 이루어진―부분에 음악적 오마쥬로서 영국 락 밴드인 콜드플레이의 「비바 라 비다Viva La Vida」 엔딩테마 멜로디를 차용해 와서 사용했다. 그 멜로디는 우리가 「마법의 성」을 편곡하는 방향에 절묘하게 맞아 떨어졌고, 최종 절정부로 가기 전 관객의 감동을 상승시키는 브리지로서 탁월한 효과를 발휘했다. 또한, 최종 절정부에서 표현되는 음악적 호소력의 여운이 식지 않고, 절정의 상태로 곡이 끝나게 하기 위해, 원곡에는 없는 웅장한 후주를 배치했다. 거기에는 강한 감성을 자아내는 코드 진행과 강하게 표현될 수 있는 보컬 앙상블 멜로디를 담았다(구체적인 사운드가 궁금하시다면, 스윗 소로우의 〈나는 가수다 시즌 3〉 1라운드 첫 번째 경연곡인 「마법의 성」을 찾아서 들어봐 주세요).

편곡의 틀이 나온 뒤, 나와 스윗 소로우는 그들 각 멤버의 솔로 가창 부분들을 함께 정했다. 거기에는 각 멤버가 효과적으로 소화할 수 있는 음역대가 고려되었다.

각 멤버의 담당 파트가 결정된 뒤, 나는 그들 각각의 가창 패턴과 표현 기술에 관한 구체적 계획과 디렉트를 진행했다. 여기에는 호흡의 효과적 운용, 바이브라토의 증감 사용, 셈여림의 조절, 가사의 자음과 모음을 음악적 문맥에 맞도록 효과적으로 활용하는 법, 적절한 꾸밈음 사용의 선택, 가성과 진성의 적절한 사용, 그리고 편곡 상황에 부합하는 원곡 멜로디의 변환 등이 포함된다.

그들은 나와 함께 치열하게 연습했다. 그리고 첫 경연에서, 앞 선 〈선호도 조사 경연〉과는 대조를 이루는 결과를 얻어냈다.

1위인 박정현에 이어 2위를 차지한 것이다.

순위에 필요 이상의 큰 의미를 둘 필요는 없지만, 나는 기뻤다. 왜냐하면, 그들이 나와 준비하여 선보인 모습은 이미 그들 안에 있었을 수많은 음악적 모습 중에 하나이고, 그 모습으로 청중 평가단의 공감을 성공적으로 이끌어냈다는 성취감 때문이다. 청중평가단이 준 높은 순위가 아니고, 스윗

　　　　　거리에서, 문득

소로우가 가진 음악적 역량을 오해받지 않고 오롯이 전달할 수 있었음에 관한 기쁨인 것이다. 〈나가수〉라는 독특한 상황에서 요구하는 표현을 스윗 소로우가 빠른 시간 안에 분석하고 충족해 낸 것은, 그들의 음악적 스펙트럼이 대외적으로 확대 인식될 수 있음이 증명되었다는 의미이고, 나는 그 점이 기뻤다. 그들을 위해 행복했다.

물론, 그와 같은 '잔인한' 상황에서가 아니면, 괜찮은 시간대에, 텔레비전 프로그램에서 노래를 부를 기회를 얻기 힘든 것이 오늘의 가수들이고, 나도 그들 중에 하나라는 사실이 서글프긴 하지만.

거리에서, 문득

가족과 일상

추석 나들이

추석을 맞아, 나는 아내와 아들과 함께 서울 종로구 운니동에 있는 운현궁을 찾았다. 운현궁은 쇄국정책을 펼쳤던 흥선대원군의 아들인 고종(조선의 제26대 임금)이 태어나고, 즉위하기 전인 열두 살이 될 때까지 살았던 곳이라고 한다. 사실, 그곳으로 가는 경로인 서촌과 광화문에서 지독한 교통 체증을 겪을 때만 해도 괜히 나왔나 보다 하는 후회도 잠시 들었지만, 막상 도착하여 그 위엄 있는 대문을 마주하자 집을 나서길 잘했다는 생각이 들었다. 짧은 순간이었지만, 그곳에 들어서는 느낌은 뭐랄까…, 돌아가신 아버지가 생전에 나를 안아 올려서 머리를 감겨주시던 때의—그분의 살과 나의 살이 닿았을 때 느껴지던—안두감 같은 것이었다.

처음으로 마주친 것은 커다란 마당이었다. 아직 안마당으로 들어서기 전인 그곳에는 방문객을 대상으로 하는 작은 안내소가 있었다. 그러나 그 안에는 아무도 없었고 창구는 굳게 닫혀 있었다. 그냥 거치대에 안내 팸플릿만이 비치되어 있었다.

그다음으로 마주친 것은 마당 우편에 설치된 두 개의 천막이었다. 하나는 제기차기 놀이에 쓰이는 제기 만들기 체험을 위한 것이었고, 또 하나는 음수대에 그늘을 제공하기 위한 것이었다. 우리는 줄을 서서―그날은 추석답지 않게 볕이 뜨거웠다―앞 순서의 아이가 천막의 그늘 아래서 체험 선생님을 따라 제기 만드는 모습을 구경했다. 그런데 우리보다 나중에 온 어느 아주머니의 일행이 우리 앞으로 끼어들면서 아무렇지도 않은 듯, 체험 선생님께 물었다.

"제기 만들기 체험 하려면 여기 앉으면 되죠?"

선생님은 줄을 서 있어온 나의 일행이 바로 앞에 서 있는데도, 그 아주머니에게 이렇게 대답했다.

"네, 거기 앉으세요."

나는 얼른 그 아주머니와 체험 선생님께 말했다.

"저, 죄송하지만 여기 대기하는 줄이 있는데요."

나의 말에 대한 반응으로 선생님은―대수롭지 않은 일이라는 표정으로―그 아주머니께 말했다.

"그 옆 의자에 앉으세요."

선생님으로서도 악의는 없었겠지만, 받아들이는 입장에

거리에서, 문득

서는 억울한 일이 아닐 수 없다. 이런 식의 일은 운현궁이라는 장소의 품위에 어울리지 않아 보인다, 정말로. 아들이 엽전과 한지로 제기 만들기 체험을 '진지하게' 마친 뒤, 우리는 옆의 천막 음수대에서 옥수수차를 마셨다. 나는 두 컵을 연거푸 들이켰다. 생각보다 갈증이 심했던 것 같다.

아들은 물의 냄새를 한번 맡아보더니 목이 마르지 않다고 했다(그는 물에 관해서만큼은 보리차나 생수만 고집한다). 내가 그래도 마셔두라고 우겨보자니, 아들은 이미 마당 한복판에서 벌어진 윷놀이 판을 향해 달려가고 있었다. 아내는 그런 아들의 호기심 어린 뒷모습을 바라보았다. 나는 사극 속의 양반이라도 된 양, 뒷짐을 지고 느긋하게 그를 뒤따랐다. 구경하는 사람들 어깨 사이로 윷판이 한창이었다. 짚으로 된 멍석도 제대로고, 나무를 깎아 만든 윷도 큼직한 게 복스러웠다. 멍석 위에서 도, 개, 걸, 윷, 그리고 모 중의 하나가 나올 때마다, 사람들이 함께 그를 외쳤다. 그런 광경을 보는 아들의 눈이 초롱초롱 빛났다.

나는 사람들의 어깨 사이로 목을 길게 뻗어서 바다에 놓인 말판을 보았다. 뒷짐은 그대로 지고 있었다. 판세는 엎치락뒤치락하였다. 그런데 한쪽 편의 말들이, 음, 이채로웠다. 나무토막으로 된 다른 편의 말들과 달리, 투박하게 잘린 검정—공업용으로 보이는—고무였기 때문이다. 나는 짧은 순간 혼란을 느꼈다. 왜냐하면 내가 살아오면서 목격해온 윷판의 말들은 대부분—물론 운현궁처럼 격조와 전통이 살아 숨 쉬는 장소가 아닌 동네 공터나 집 안에서조차—동전들이나 나무토막들 따위였기 때문이다. 나는 이것이 내가 미처 알지 못했던, 한국의 '전통'을 따른 결과일지도 모른다고 생각했다. 예를 들어, 우리의 민속놀이에 정통한 학자가 다년간의 치열하고 철저한 고증을 통해 어느 날 연구 결과를 다음과 같이 학계에 보고한 것이다.

"지난 7년여간의 연구 분석 결과, 우리의 선조들은 언제나 검정 고무로 윷놀이의 말을 만들었음을 밝혀낼 수 있었습니다.

근거로 제시된 문헌 '가'는, 한국 전통놀이에 있어서 윷놀이와 '검정 고무 말'이 가지는 불가분의 관계를 기술하고 있습니다. 더불어, 문헌 '나'는 고무의 검정색이 나무로 만든 다른 편의 말과 시각적으로 쉽게 구분되었음은 물론, 고무라는 소재 자체가 당시의 서민들 사이에서 얼마나 친숙하게 여겨지고 활용되었는지에 관해서도 자세히 설명하고 있습니다."

물론 그 당시 우리나라 교역 상대국들의 산업화가 얼마

나 진전되어 있었는지는 모르지만, (공업용) 검정 고무 말과 윷놀이의 조합은, 뭐랄까, 상당히 평키하다.

다시 현실로 돌아와서, 한국의 수도 서울, 서울의 중심에 있는 운현궁, 조선의 제26대 임금인 고종이 태어나서 즉위 전까지 살았던 곳, 그 운현궁의 바깥마당에서 외국인 관광객들이 호기심 어린 눈으로 우리네 윷판을 보고 있었다.

엄밀히 말하자면, 한국의 민속놀이인 윷놀이에 (공업용) 검정 고무 말이 등장할 수밖에 없었던 역사적 의미를 나름대로 유추하고 있었을 것이다.

나는 윷판에 호기심이 시들해진 아들의 손을 잡고, 저만치 모래를 담은 회색 합성섬유 포대 위에 놓여 있는 널뛰기 나무판 쪽으로 걸어갔다. 아내는 뒤에서 나와 아들의 모습을 카메라에 담느라 여념이 없었다.

굿모닝 미스터 에이프릴

이른 아침, 아들이 나를 흔들어 깨웠다. 새벽 네 시가 다 돼서야 집에 돌아온 나는—내가 음악감독을 맡은 드라마의 배경음악 편집 작업이 있었다—제대로 눈을 뜨지 못한 채 그에게 말했다.

"일어났어요? 잘 잤어?"

"응." 아들이 새삼 수줍은 목소리로 대답했다.

"뭐 필요한 거 있어요?" 여전히 눈을 감고 있는 내가 물었다.

"이거 떼주세요." 조용하지만 절박(?)한 목소리로 아들이 말했다.

그때서야 나는—아직도 내 눈과 머릿속에서는 부드러운 잠의 소용돌이가 뱅뱅 돌고 있었지만—상황 파악을 위해 눈을 떴다. 고개를 돌려보니 내가 누워 있는 침대 옆에 옷을 들고 서 있는 아들이 보였다.

"옷? 뭐 불편한 거 있어?" 내가 아들에게 시선을 맞추며 물었다.

"이거요." 아들은 셔츠의 옷깃 안쪽 꼬리표를 보여주며 말했다.

"아, 이거? 신경 쓰이지?" 내가 물었다.

"아니요, 그게 아니고 자꾸 뭔가가 가시처럼 찔러요." 아들은 꼬리표를 나의 얼굴 앞으로 바싹 내밀었다. 나는 그것을 받아 들었다. 하지만 별다른 문제가 없어 보였다. 그래서 아들에게 다시 물었다.

"이 꼬리표가 자꾸 찌르는 것 같아요?"

"네에(그렇다니까요)." 그가 투정하는 말투로 대답했다.

내가 꼬리표를 좀 더 자세히 들여다보려 하자, 거실로부터 아내의 목소리가 들려왔다. "아들, 아무래도 학교 늦을 것 같아. 얼른 옷 입고 나오세요. 셔츠에 붙은 꼬리표 가지고 불편하다고 하면 못써요. 웬만한 사람들은 다 그렇게 입고 다녀요."

아내는 아들의 원만하고 까다롭지 않은 성격 형성을 위한 교육에 신경을 쓰는 편이다. 그런 그녀의 친절하지만 엄중한 목소리가 들려온 것이다.

"빨리." 초조해진 아들이 나를 다그쳤다.

나는 안 되겠다 싶어서, 최대한 적극적인 모드로 나 자신을 바꾸었다. 그리고 꼬리표의 안팎과 앞뒤를 오른손의 엄지와 검지로 세심히 만져보았다. 그런데 정말 무언가 따끔한 것이 만져졌다. 알고 보니, 꼬리표에 가격표를 고정하는 플라스틱 연결선이었다. 그것이 가격표를 뗀 후에도 접힌 꼬리표의 안쪽 면에 남았고, 가격표와 함께 잘려 나간 그것의 단면이 아들의 목덜미를 계속 찔렀던 것이다.

나는 얼른 그것을 빼냈다. 그리고 현관문으로 향하는 아내에게 가져갔다.

"이런 게 있었어. 그래서 애가 자꾸 그 꼬리표를 불편하다고 한 거야." 나는 무언가 큰 공이라도 세운 것처럼 득의에 찬 목소리로 아내에게 말했다. 그리고 아내의 손바닥에 그 '증거물'을 내려놓았다. 아내는 그것을 잠깐(아주 잠깐) 바라보더니 나의 어깨 너머 공간에 대고 말했다.

"학교 늦어요. 얼른 나오세요."

그것은 내가 기대한 반응은 아니었지만, 아내를 이해하지 못한 것은 아니었다. 그녀로서도 아들이 학교에 늦지 않게 하려면 다른 것에는 신경 쓸 경황이 없었을 것이기 때문이다. 어찌 되었건 참 다행이었다. 아들을 불편하게 하는 그것이 더 늦기 전에 발견되었으니 말이다. 그러지 못했다면, 그의 하루가 얼마나 불쾌했을까.

솔직히 아들의 옷에 관한 문제 제기가 엄마에게 좀처럼 받아들여지지 않는 것에는 나의 책임이 크다. 왜냐하면 아내는 옷의 감촉에 까다로운 나의 성향을 아들이 타고났다고 믿기 때문이다. 하지만 그것은—언제나 그녀에게 주장하는 바이지만—성격의 문제가 아니다. 피부가 받아들이지 못하는 것을, 무언가에 불편함을 느끼는 것을 성격의 문제로 결부 짓는 것은 공평하지 못한 일이다. 예를 들어, 복숭아 거부 반응을 가진 사람에게 "당신은 정말이지, 너무 까다로운 사람이에요. 다들 문제없이 먹는 복숭아를 왜 당신만 못 먹는 거죠?"라고 묻는다면 그 사람은 어떻게 대답해야 할까.

결론(?)적으로 말하자면, 아무 옷이나 잘 입는 사람이 반드시 성격도 원만한 사람이라는 관념도 이제는 재고될 필요가 있다. 더 나아가서, 사람들이 말하는 바람직한, 혹은 모범적인 인간상에 대한 재평가도 이제는 필요할 때가 아닌가 한다. 사회성이라는 이름으로 개인에게 가해지는 전체주의의 폭력은 이제 사라져야 한다.

나의 아들이 살아갈 세상은 그로 하여금 다음과 같은 말을 하는 일이 지극히 자연스러울 수 있는 곳이면 좋겠다.

"당신과 나는, 당신들과 나는 다릅니다. 하지만 그 다름이

   거리에서, 문득

야말로 우리로 하여금 하모니를 이루게 하는 이유일 것입니
다.”

애기가 다소 지나치게 비장해진 면은 있지만, 여보, 나는
정말 그렇게 생각해.

아들의 공부방을 정리하다가, 그가 그린 그림을 발견했다. 언제 그린 것인지는 잘 모르겠지만, 망설임 없이 화면 위를 지나가며 대상의 형태를 간결하게 묘사하는 선들에 나는 감탄을 금치 못했다. 왜냐하면 미술을 전공한 나로서도 무언가를 그릴 때는—형태에 대한 오류를 걱정하는 탓에—언제나 덧그리는 선들을 사용하기 때문이다.

더욱 놀라운 것은 화면 전체에서 느껴지는 짜임새였다. 입시 미술 교육을 받았던 나의 경우, 대체적으로 부분의 묘사에 들어가기 전에 먼저 큰 틀의 화면 분할과 대상의 배치를 생각하는데, 아들은 화면 어느 한 부분을 선택하여 가장 작은 단위의 대상부터 그려나가기 시작한다(평소에 관찰한 바로는 그렇다). 그럼에도 불구하고, 완성된 그림을 보면 그 구도가 절묘하고 짜임새가 있다. 그런 면이 나를 깜짝 놀라게 한다. 한때는 공룡에 심취하여 육식 공룡들의 모습을 많

이 묘사했는데(다섯 살부터 일곱 살까지의 시기에 가장 많이 그렸다), 그 당시에 사용된 선들이 가장 멋있었다. 앞에서 설명한 구도의 절묘함 또한 이 시기에 가장 도드라지게 나타났다.

요즘은 구상이라기보다는 비구상에 가까운 그림을 많이 그리는데, 주로 대상의 형태를 묘사하는 일보다는 그림에 나타나는 이야기에 더 집중하는 경향을 보인다. 요즘은 아내가 아예—그가 만화책을 만들 수 있도록—다양한 크기의 네모 칸들을 A4 용지에 인쇄하여 아이에게 제공하고 있다. 가끔 그가 만든 짧은 이야기(주로 한 페이지짜리이다)를 보노라면, 그 안에 담긴 위트에 웃음이 '빵' 터지곤 한다. 거기에는 주로 두 개의 캐릭터가 등장하는데, 하나는 굉장히 얄미우면서 결코 흥분하는 일이 없는 쪽이고, 다른 하나는 항상 골탕을 먹거나 약이 바싹 올라 흥분하는 쪽이다. 그것들은 마치 〈루니 툰즈Looney Tunes〉에 등장하는 벅스 버니Bugs Bunny 와 대피 덕Daffy Duck 같다. 아마도 내가 미국 유학 당시 월마트에서 구입했던 〈루니 툰즈〉 DVD의 영향인 것 같다.

그에게서 발견되는—나와 통하는—유머 코드는, 나로 하여금 그와의 재미있는 미래를 그리게 한다. 예를 들어, 애덤 샌들러Adam Sandler의 새로운 (코믹) 영화를 둘이 보러 가는 것이다. 우리는 캐러멜 팝콘을 사이에 두고 나란히 앉아, 콜라를 홀짝홀짝 마셔가며, 언제나 우리의 예상을 뛰어넘는 애덤 샌들러—혹은 롭 슈나이더Rob Schneider—의 말과 행동에 박장대소를 하고 말 것이다. 물론 이런 일은 그가 미성년자의 꼬리표를 뗀 시점에야 가능한 것이겠지만(애덤 샌들러 영화에서 사용되는 유머는 미성년자 관람불가인 경우가 많기 때문이다).

"왜 나는 그 그림에서 빼놓은 거죠?"라고 아내가 묻는다면, 나는 다음과 같이 대답할 것이다.

"다른 건 몰라도 애덤 샌들러의 영화는 남자끼리 봐야 제맛이거든." (남녀 차별이라며 심각하게 받아들이지 말아주세요. 그냥 유머니까요.)

이 말의 끝에서 나는 벅스 버니처럼 두 눈썹을 빠르게 두 번 위아래로 올렸다 내리는 얄미운 표정을 지을 것이다.

"그래도 여보, 로버트 레드퍼드Robert Redford적인—예컨대, 〈흐르는 강물처럼A River Runs Through It〉과 같은—영화는 우리 모두가 함께 볼 수 있을 거야. 그러니 너무 서운해 하지 마세요."

미국의 시카고에는 차돌박이집이 있다

미국 유학 기간 동안, 나는 아내와 함께 아들을 데리고 시카고의 필드 박물관The Field Museum을 자주 찾았다. 내가 공부하던 샴페인에는 이렇다 할 박물관이 없었던 데다가, 시카고는 자동차로 두 시간 반 정도면 갈 수 있는 거리여서 다녀오기에 큰 부담이 없었기 때문이다.

유치원으로부터 초등학교 2학년에 이르기까지 내 아들의 최고 관심사는 공룡이었는데, 그곳만큼 안성맞춤인 곳도 없었다. 1층 로비에 들어서자마자 보이는 티라노사우루스의 거대한 전신 뼈도 그렇고, 상설로 운영되는 2층의 3D 영화관(여기서도 공룡에 관한 다큐멘터리 영화가 자주 상영되곤 했다)도 그렇고, 그곳이야말로 나의 아들을 위해 만들어진 최적의 장소였던 것이다.

나는 아직도 처음 그곳에 들어서던 아들의 표정을 기억한다. 진부한 표현일지 모르지만, 그 두 눈이 별처럼 반짝였

다. 물론, 얼마 지나지 않아 그 빛은—온갖 공룡 장난감이 가
득한—기념품 코너를 향한 광선으로 바뀌어버렸지만. 그래
도 미국에 간 이후로 오랜만에 제법 아빠다운 노릇을 한 것
같아서 뿌듯했던 건 확실하다.

내친김에 나와 아내는 아들의 행복이 정점에 다다를 수
있는 일을 하기로 했다. 박물관 관람을 마치고 '조선옥'이라
는 한식집으로 그를 데리고 간 것이다. 그곳은 시카고를 찾
은 한인이라면 반드시 찾아가는, 차돌박이 구이로 유명한
맛집이었다.

우리가 그곳에 도착했을 때는 이미 해가 지고 있었다. 그
식당에는 변변한 주차장이 마련되어 있지 않았다. 엄밀히
말하자면, 자동차 세 대 정도만 들어갈 수 있는 작은 주차장
이 있기는 했다. 하지만 빈자리가 없었다. 그래서 나는 그 주
변의 주택가로 차를 몰며 빈 주차 공간을 찾아 헤맸다. 다행
히 지역 자체가 시카고 시내처럼 '하드코어적'인 분위기는
아니어서 그 과정도 멋진 드라이브처럼 느낄 수 있었다,고
나는 생각했다. 하지만 아내와 아이는 적잖이 배가 고픈 상
태였고, 그 상황에서 시카고의 어느 한적한 주택가를 느긋
하게 감상할 만한 여유가 있어 보이지는 않았다.

십여 분 만에 주차에 성공하고, 우리는 사람 없는 링컨 애

　　　　　　　　　　　　　　　　거리에서, 문득

비뉴N Lincoln Ave를 걸어서 '마침내' 목적지에 당도했다. 아내와 아들은 이미 녹초가 되어 있었는데, 식당 입구에 늘어선 대기자의 줄이 상당히 길었다. 나는 아들에게 장난도 걸어보고 억지로 짜낸 질문들도 던져서 기다림의 시간을 견디도록 도우려 했지만, 실효는 거두지 못했다. 나는 억지 노력을 멈추고, 그가 내게 기대어 있을 수 있게 했다.

개인적으로, 무언가를 먹기 위해 줄을 서는 일을 잘 하지 않는 편이지만, 남의 나라 어느 낯선 거리에서, 배고프고 지친 아들에게 고국의 음식을 먹이고 싶은 부모로서는 별 도리가 없는 것이다. 40분가량을 기다린 끝에 우리는 드디어 자리에 앉을 수 있게 되었다.

테이블 위에는 앞선 사람들이 음식을 먹고 난 그릇들과 찌꺼기들이 너저분하게 놓여 있었다. 나는 마침 옆을 지나는 아주머니에게 그것을 정리해줄 것을 부탁했다. 하지만 대답이 없었다. 그리고 우리는 방치되었다. 나는 다른 테이블에서 굽고 있는 고기 냄새에 더욱 배고픔을 느끼는 아들을 보며 급해지는 마음에 어찌할 줄 몰랐다. 한참이 지난 후에야 한 아주머니가 우리의 테이블을 정리하러 왔다. 그녀는 들고온 쟁반 위에 테이블 위의 반찬 그릇들을 '탕탕' 집어던졌다. 그렇게 내던져지는 반찬 그릇에서 김치 국물이 내

쪽으로 튈 정도였다. 이어서 그녀는 걸레처럼 지저분해 보이는 행주로 테이블 위에 흘러 있는 음식 찌꺼기들을 쓸어 담았다. 그러고는 기계적인 말투로 짧은 질문을 던졌다.

"몇 인분요?"

"3인분 주세요." 내가 대답했다.

그녀는 주문 계산서에 그것을 '쓱싹' 적은 후 사라졌다.

잠시 후 다시 나타난 그녀는 반찬 그릇들을 가져와 우리 앞의 테이블에 '탕탕' 내려 던져 놓았다. 그 모습은 뭐랄까…, 카드 도박판에서 딜러가 카드를 획획 집어 던져 나눠 주는 모습 같았다. 이번에도 김치 그릇에서는 그 국물이 튀어 올랐다. 다행히 옷에는 묻지 않아서 나는 안도의 한숨을 쉬었다. 우리는 테이블 위의 반찬들을 바라보며 고기가 나오기를 기다렸다.

불판이 지나칠 정도로 많이 달궈졌을 때, 차돌박이가 나왔다. 그런데 해동이 충분히 되지 않은, 냉동 고기였다. 나는 고기가 빠른 시간 안에 잘 익을 수 있노록, 한 점 한 점 결대로 분리해내어 불판 위에 올려놓았다. 아내와 나는 호흡이 잘 맞았다. 내가 고기를 올려 익히면 아내는 익은 것들을 아들의 앞 접시에 '착착' 얹어 주었다. 아들은 따뜻한 밥과 함께 고기를 맛있게 먹었다.

이대로만 가면 아내나 나나 아들이나 모두 행복할 터였다. 그러나 그 기대는 얼마 지나지 않아 무너지고 말았다. 앞선 아주머니보다 더욱 강력한 무뚝뚝함의 기운을 지닌 또다른 아주머니가 등장하여, 아직 채 녹지도 않아서 뭉쳐 있는 고기를—나나 내 아내에게 묻지도 않고—뭉텅이로 불판 위에 '턱' 올려놓은 것이다. 아마도 우리의 식사가 빨리 끝나기를 기다리며 대기하고 있는 분들을 위한 배려였던 것 같다. 하지만 우리로서는 낭패였다. 그런 식으로 고기를 불판 위에 올리면, 고기는 오히려 더디 익기 때문이다(안쪽의 얼어붙어 있는 부분은 제대로 익을 수 없는 반면, 바깥쪽은 지나치게 익어서 타게 된다). 그렇게 되면, 바로 익혀서 바로 먹는 것도 힘든 일이 된다. 어쩔 수 없이 고기가 타기 전에, 익힌 고기가 식기 전에 급히 먹어야하는 상황에 내몰리게 되는 것이다. 물론 나와 아내는 굴하지 않고 그것을 최대한 맛있게 구워내어 아들에게 먹였지만, 나는 그 고기가 내 몸의 어디로 들어왔는지 도통 기억이 나지 않는다.

식사를 거의 마쳐갈 즈음, 한 아주머니가 우리 테이블 위의 그릇들을 정리하기 시작했다. 쫓겨나듯 식당을 나선 우리는 주차해둔 차를 향해 부지런히 걸어갔다. 일교차 때문인지, 포근했던 낮과 달리 밤공기가 상당히 차가웠다. 나는 아들이 밥을 먹자마자 찬 공기를 쐬는 것이 마음에 걸렸다. 어른인 나에게도 체기가 들 정도로 공기가 싸늘했기 때문이다. 다행히 아들은 그 상황을 잘 견뎌주었고, 우리는 자동차에 올랐다.

샴페인을 향하는 고속도로 위에서 나는 '조선옥'이 내게 부과한 서비스 비용service charge을 문득 떠올렸다. 그리고 그곳의 독특한 서비스는 미국이라는 곳에서는 좀처럼 경험하기 힘든, 가끔 한국에서나 경험함 직한 불친절이었다는 점에서 그 값을 받아 마땅한 것이라 생각하며 고개를 끄떡였다.

정말 그렇게 생각하냐고요?

음…, 노 코멘트입니다.

호머 레이크에서 만난 담요

일리노이 주립 대학교 유학 시절 이야기. 전공인 재즈 스터디 석사 학위 취득에 필요한 모든 학점을 이수하고, 논문과 리사이틀 준비를 하고 있던 2013년 가을, 나는 샴페인에서 골프 관련 사업을 하는 지인과 함께 밤낚시를 갔다. 그는 나의 아내가 가깝게 지내는 언니의 남편이었다. 아내들과 아이들 사이의 왕래가 잦아지다 보니, 남편들 사이도 자연스레 가까워진 덕분이었다. 그 '자연스런' 친밀감 형성의 결정적 계기가 된 것은 다름 아닌 낚시였다. 어느 날 우연히 나온 낚시 얘기로 그와 나는 서로의 낚시 사랑을 알게 되었고, 두 사람 사이에 어색한 기류가 흘러야 할 이유는 이제 어디에서도 찾을 수 없게 된 것이다. 그날 이후로 그와 나는 꽤 오랜 기간 서로의 '환상적인' 낚시 경험담을 나누었다. 그리고 마침내 그렇게 첫 출조를 하게 된 것이다. 그날 밤에 우리가 향한 곳은 샴페인에서 그리 멀지 않은 곳에 있는 호머 레이크Homer Lake였다.

사실 배스를 주된 낚시 대상어로 삼는 나는 낮낚시를 선호하는 편이었지만, 그날은 그의 낚시 대상어이자 야행성인 메기를 목표로 한 것이었기에 내가 그를 따라가기로 했다. 샴페인과 그 인근 지역에 깔려 있는 도로에는 가로등이 거의 없다. 그래서 주거지역을 벗어나서 밤 운전을 하게 되면, 어느 심해를 유영하는 잠수함에 앉아 있는 기분이 든다. 나는 그가 목적지를 정말 잘 찾아갈 수 있을지 조금 걱정이 됐다. 그러나 그는 망설임 없이 길과 길을 접어들었다. 그리고 메기를 잘 낚아내는 자신만의 비법을 내게 얘기해 주느라 여념이 없었다. 그의 말대로 메기를 잡는 것도 짜릿하겠지만, 나는 배스 앵글러Bass angler로서 낯선 필드를, 그것도 밤에 탐사하게 된다는 사실에 더욱 설레고 있었다. 머릿속에서는 이미 그곳의 물속 바닥 지형이 어떨지, 그리고 그에 따른 채비로는 무엇이 가장 효과적일지에 관한 다양한 시나리오가 쓰여지는 중이었다.

그렇게 차를 몰다가 얘기를 잠시 멈춘 그는, 차의 속도를 낮추고서 고개를 운전석 앞 차창 쪽으로 가져갔다. 주변을 두리번거리던 그는 갓길에 차를 세웠다. 내려서 보니, 주차가 된 곳은 제방 겸 교량과 도로가 만나는 지점이었다. 교량

위에는 가로등이 켜져 있어서, 그것이 호수를 가로지르는 것임을 짐작할 수 있게 했다. 가로등 불빛을 머금으며 구름처럼 깔려 있는 안개가 차가운 공기를 더욱 차갑게 느껴지도록 만들었다. 먼 곳과 가까운 곳 어디에도 사람의 흔적은 찾아볼 수 없었으며, 지나가는 자동차조차 하나 없었다.

낚시를 좋아하는 나지만, 그 분위기가 너무 을씨년스러워서 다시 차에 올라 집으로 돌아가고 싶다는 생각이 잠시 들었다. 그런 나와는 대조적으로, 차에서 내린 그는 자동차를 등지고 서서 느긋하게 기지개를 켰다. 그에게는 그 상황이 익숙해 보였다.

"자아, 슬슬 준비해볼까요?" 트렁크를 열며 그가 말했다. 나와 그는 트렁크 내부로부터 나오는 불빛에 의지하여 낚시 채비를 했다. 준비를 마친 후, 나는 태클 박스(낚싯바늘, 봉돌 따위의 루어 낚시 채비 재료들과 인조 미끼를 담는 상자로서, 들고 다니기 좋도록 그 상단에 손잡이가 달려 있습니다)를, 그는 비닐봉지에 담아 간 새우 미끼를 챙겼다. 그리고 트렁크가 '텅' 하고 닫혔다.

"포인트(낚시할 지점)가 어디에요?" 내가 물었다.

"저쪽이요." 그가 손가락으로 갓길 오른쪽 편의 숲을 가리켰다.

거기에는 잎이 떨어져서 앙상하고 뾰족한 나무들이 빼곡히 서 있었다. 사람이 지나갈 길은 없어 보였다.

"저기만 뚫고 지나가면, 제가 말한 포인트가 나와요." 그가 난감한 표정의 내게 말하며 앞장섰다. 나는 그를 따라 몸을 숙이고 나뭇가지들을 피하며 앞으로 나아갔다. 숲을 벗어나자 호숫가가 나왔다. 물결 위에서 일렁이는 달빛이 바람에 휘감기고 있었다.

그는 낚싯바늘에 새우를 꿰며, 얼마나 멀리 캐스팅(채비 투척)을 해야 하는지를 내게 설명했다. 그러고는 곧장 첫 번째 캐스팅을 했다. 15미터 정도 되는 거리의 수면 위로 그의 채비가 '퐁' 하고 떨어졌다. 잠시 채비가 가라앉기를 기다린 그는, 낚싯대를 들었다 내렸다 하면서 물속의 채비를 천천히 끌어왔다. 그러자 그의 낚싯대가 물속을 향해 휘어지며 '파르르르' 떨렸다. 그는 열심히 릴을 감기 시작했다. 낚싯줄은 물속의 무언가에 의해 강력하게 잡아당겨지고 있었다. 잠시 후, 그 주인공이 수면 위로 '픽' 하고 튀어 올랐다. 어두워서 정확한 생김새를 알 수는 없었지만, 꽤 큰 녀석임은 확실했다.

"메기네요." 그가 확신에 찬, 그리고 다소 차분해진 목소리로 말했다. 랜딩landing(물고기를 물 밖으로 잡아 올리는 것을

가리키는 낚시 용어입니다)을 해보니, 정말 메기였다.

나는 그가 녀석의 입에서 낚싯바늘을 빼는 동안 플래시 불빛에 드러난 녀석을 살펴보았다. 그 크기가 예상대로 상당했다. 적어도 50센티미터는 되어 보였다. 미국은 뭐든 크게 자라는 곳이라는 소문이 사실일지도 모른다는 생각이 들었다.

바늘을 뺀 메기를 놓아주고, 손을 물에 헹구며 그가 내게 말했다.

"이 호수는 바닥이 뻘로 이루어져 있는데, 가끔 돌무더기들이 있는 곳이 있거든요. 그걸 살살 넘겨서 채비를 끌어오면 바로 입질이 들어옵니다. 돌무지 근처에 녀석들이 스쿨링schooling(낚시 용어로서, 물고기들이 한자리에 모여 있는 것을 가리킴)을 하는 게 확실합니다. 제가 던지는 쪽에 캐스팅하시고서 천천히 끌어오시면 밑 걸림이 느껴지실 거예요. 그게 바로 제가 말씀드린 돌무지입니다.

거기에서부터 짧고 가볍게 낚싯대를 들어 올리시면, 물속 채비가 그것을 타고 올라가다가 넘어서면서 뻘 바닥으로 가라앉습니다. 그때가 바로 메기의 입질 타이밍이에요. 지금 한번 해보세요."

나는 그러겠노라고 대답했다. 하지만 그것부터 시작하기

에는 배스와의 만남에 대한 간절함이 너무 컸다. 그래서 나는 생미끼 대신 플라스틱 베이트plastic bait(루어 낚시에서 사용되는 것으로서, 육식 어종의 먹이인 작은 물고기나 가재 등의 모양을 흉내 내어 만든 플라스틱 소재의 미끼)를 먼저 사용하기로 했다.

"그런데요, 음…, 저는 일단 제방 쪽으로 가서 배스부터 노려볼게요." 그가 혹시라도 무안하지 않도록 내가 조심스레 말했다.

"아, 그러세요." 그가 흔쾌히 허락했다.

하지만 바람과 달리, 나는 단 한 번의 배스 입질도 받아내지 못했다. 배스와의 대결에서 완패를 한 것이다. 가장 큰 패인은 제방 쪽의 물속 바닥 지형을 제대로 읽지 못한 데에 있었다. 지금에 와서 돌이켜보면, 거기에는 엄청난 양의 큰 돌무더기들이 깔려 있었던 것 같다. 왜냐하면 싱커sinker(낚시채비를 물속에 가라앉히는 봉돌을 가리키는 루어 낚시 용어)를 사용하는 채비들은 하나같이 밑 걸림에 의해 유실되었기 때문이다. 그러는 사이, 그는 몇 마리의 메기를 더 잡아 올렸다. 두 시간 남짓 낚시를 하고서, 우리는 철수를 결정했다. 장비를 챙긴 그가 앞장섰다. 나는 그의 뒤를 따랐다. 우리는 낚시를 하는 동안 등지고 서 있던 숲의 나무들 속으로 들어갔다.

무사히 숲을 빠져나온 우리는 주차해둔 자동차로 걸어갔다. 추운 밤공기에 차체와 차창이 하얗게 얼어 있었다. 그걸 봐서인지, 나는 낚시에 집중하는 동안은 느끼지 못했던, 심한 한기를 느꼈다. 바로 그때, 그의 외마디 탄성이 들려왔다.

"아!"

"왜요?" 내가 걱정과 불안감 섞인 목소리로 물었다.

"차 열쇠가 트렁크 안에 있는데, 트렁크도 문도 모두 잠겨 있어요." 그가 나의 눈을 바라보며, 그 안에 혹시 해결책이라도 있지 않을까, 하는 눈빛으로 말했다.

"아, 어떻게 해요?" 내가 말했다.

그는 대답 대신 바지 주머니에서 스마트폰을 꺼내어 인터넷 검색을 하기 시작했다. 그리고 몇 개의 전화번호를 찾아냈다. 그중 첫 번호는 그가 소유한 차의 24시간 고객 서비스 센터였다. 통화가 되자, 그는 딱딱하게 부러지는, 그러나 막힘없고 자신 있는 영어로 저쪽 편 상담원과 대화를 나누기 시작했다. 듣고 있자니, 그가 상황 설명을 하고서, 잠긴 자동차의 문을 원격으로 열어주는 서비스를 요청하고 있는 것 같았다. 하지만 그 서비스는 불가능하다는 대답이 돌아왔다.

통화를 마친 그는, 그 자리에 그렇게 주차를 해두면, 다음

날 오전에 문제를 해결하겠다는 약속이 있었음을 내게 말해 주었다. 하지만 그것은 그와 내가 당면한 문제의 해결책으로는 충분해 보이지 않았다. 그곳은 외진 곳이었고, 시간은 자정을 넘겼으며, 지나가는 차도 없었거니와, 있다고 해도 히치하이킹은 너무 위험한 것임을 알았기에, 우리에게는 당장의 도움이 필요했던 것이다. 무엇보다, 너무 추웠다.

그는 다시 다른 곳에 전화를 걸었다.

"911." 전화를 받은 쪽의 목소리가 그의 전화에서 새어 나왔다.

응답자는 그에게 우리가 어디에 있는지를 먼저 물었다. 그는 변함없이 딱딱하고 당당한 영어로 우리의 위치를 설명한 뒤, 혹시 우리가 있는 곳으로 와서 자동차 문을 열어줄 수 있냐고 물었다. 그리고 응답자의 설명을 들었다.

전화를 끊은 그에게 어떻게 됐냐고 묻자, 그가 내게 전했다.

"우리로부터 가장 가까운 곳에 있는 견인차 회사와 경찰서에 연락을 해주겠다고 하네요."

그와 나는 옷 속으로 깊숙이 숨어서 도움이 오기를 기다렸다. 그동안, 추위도 잊을 겸, 나는 그에게 내가 인상 깊게 봤던 호주 영화 〈오픈 워터Open Water〉 애기를 들려주었다.

　　　　　　　　　　　　　　　　

"그 영화는 실화를 바탕으로 했는데요, 여러 명의 관광객들과 함께 스쿠버다이빙을 나갔던 부부가, 승선 인원 파악을 잘못한 선원의 실수로 바다 한가운데 남겨지고, 결국 상어들에게 잡아먹힌다는 내용이거든요. 우리가 지금 처한 상황이 어딘지 모르게 그 영화 속 주인공들의 것과 닮아 있는 것 같아요. 단지 그 장소가 바다가 아닌 육지라는 차이만 있을 뿐…, 그렇지 않나요?" 나는 그가 나의 비유에 담겨 있는 유머에 잠시나마 추위를 잊기를 원했다. 하지만 그는 예상과 다른 반응을 보였다.

"아이쿠, 안 그래도 무서운 지금 상황이, 그 얘기를 들으니까 더 무섭게 느껴지네요."

물론, 둘 다 느리게 웃고 있었지만, 그 여운은 그리 오래가지 못했다. 그리고 거기에는 다시 움츠린 채 말이 없는 두 사람만이 남았다.

20분가량이 지나고, 온몸이 떨리기 시작할 즈음에 저 멀리서 자동차의 전조등 빛이 나타났다. 경찰차였다. 그 차는 우리를 지나쳐서 십여 미터를 가다가 멈춰 섰다. 그리고 유턴을 하여 다시 우리 쪽으로 천천히 다가왔다. 차 문이 열리고, 경찰이 내렸다.

그의 제복과 카우보이모자는, 나로 하여금 할리우드 로

드무비의 한 장면에 들어가 있는 것 같은 느낌을 갖게 했다. 만약 그가 숀 펜Sean Penn 주연의 영화 〈유턴U Turn〉에 나오는 경찰 쪽이라면, 우리는 큰 낭패에 빠진 게 틀림없었다. 하지만 다행히, 그는 〈노인을 위한 나라는 없다No Country For Old Men〉의 전반부에 나오는 착한 경찰관 쪽에 더 가까워보였다.(물론 영화 속에서처럼 무참히 살해되는 부분은 제외되어야겠죠?)

"Are you guys alright?(괜찮으세요?)" 그가 우리를 번갈아 바라보며 물었다.

"Yes." 우리가 대답했다.

그는 우리에게 상황 설명을 듣는 한편, 잠겨 있는 자동차의 운전석 쪽 내부를 플래시로 비춰 보며 꼼꼼히 살펴보았다. 잠시 후 그는 다시 우리 쪽으로 돌아서서 물었다.

"Is there someone coming to solve this?(이 문제를 해결해줄 누군가가 오기로 되어 있나요?)"

나의 일행은 911과 통화가 되었고, 그 도움으로 견인트럭이 오고 있다고 대답했다.

그 말을 들은 경찰관은 안심한 듯 고개를 끄덕이며 말했다.

"Then you guys are gonna be fine, just the matter of time(그렇다면 큰 문제는 없겠네요, 이제 뭐, 시간문제죠)."

　　　　　　　　　　　　　　　　　

"Yes, fortunately(그러게요, 다행이죠)." 내가 대꾸했다.

"But you must be cold. If you need something to keep it warm, I got some blankets(그런데 춥지 않나요. 뭔가 체온을 따뜻하게 유지할 만한 게 필요하다면, 나에게 담요가 몇 장 있어요)." 그가 친절하게 말했다.

"Oh, thank you for your concern, but we're gonna be ok(아, 신경 써줘서 고맙습니다, 그런데 괜찮을 것 같습니다)."

나의 일행이 씩씩하게 대답했다(나는 그 담요가 필요했는데, 아쉬웠다).

"Are you sure?(정말 괜찮겠어요?)" 그가 미간을 찡그리며 다시 물었다.

"Yes(네)." 나의 일행이 쐐기를 박았다. 음….

그는 다시 경찰차에 오르며 우리에게 당부했다.

"Keep yourself away from the road, good luck to you two(도로에서 멀리 떨어져 있으세요. 행운을 빌어요)."

그가 탄 경찰차가 서서히 우리로부터 멀어졌다. 그렇게 우리는 다시 어둡고 외진 도로변에 남겨졌다. 비록 몸은 추웠지만, 그리 멀지 않은 곳에 '담요를 가지고 다니는' 선량한 경찰이 있다는 사실에, 적어도 그 장소가 무섭게는 느껴지지 않았다.

허니버터브레드의 교훈

지금 이 문장을 쓰기 직전까지, 나는《거리에서, 문득》원고를 쓸 때 자주 찾는 커피 전문점에 앉아 '허니버터브레드 honey butter bread'라는 것을 먹었다. 어떻게 먹었느냐 하면, 그야말로 '폭풍처럼' 먹었다. 소요된 시간은 오전 10시 45분으로부터 50분까지, 단 5분이었다. 급하게 가야 할 곳이 있어서 서두른 것은 아니고, 그 맛이 너무 좋아서 천천히 먹을 수가 없었다. 이것은 나의 성향에 반하는 일이다. 특정 음식을 먹기 위해 일부러 어딘가를 찾아가는 일도 드물고, 그것을 허겁지겁 먹어치우는 것도 그렇고, 평소에는 내가 좀처럼 하지 않는 일들인 것이다. 그 정도로 나는 이것에 반했다. 하지만 어떤 이에게는 나의 이런 '반했다'는 말이 '별것도 아닌 것'에 관한 과장쯤으로 여겨질 수도 있다. 왜냐하면, 맛이라는 것은 체험의 문제이지 설득의 문제가 아니기 때문이다.

그러니까 이 얘기는 여기서 끝!이라고 할 수는 없는 노릇

이겠죠? 그래서 공감까지는 아니더라도 '이해'하는 데 도움을 드리고자, 제 마음을 앗아간 '허니버터브레드'를 묘사해 보겠습니다.

1. 흰 접시 위에 바삭하게 잘 구워진 빵(가로와 세로 각 20센티미터가량, 높이가 약 10센티미터인 크기)이 놓인다. 그것은 아홉 개의 조각(정사각형의 상단 단면)으로 나뉘어 있다.
2. 그 위에 설탕 시럽이 혼합된 생크림이 주먹 크기의 고깔 모양으로 얹어진다.
3. 생크림 위에 다크 브라운 색의 계피가루가 흩뿌려진다.
4. 빵 주위로는 캐러멜 소스가 지그재그로 뿌려진다. 이것은 우연히 빵에 묻기도 하고 의도적으로 묻혀지기도 한다.

여기까지는 각 재료와 그것들이 놓인 모양입니다. 다음으로는 식감입니다.

바삭한 빵이 주는 깔깔함은 생크림의 부드러움을 만납니다. 빵의 담백한 맛은 설탕 시럽의 달콤함과 계피가루의 향을 끌어안음으로써, 그것들이 과하게 느껴지지 않도록 돕습니다. 캐러멜 소스는 접시에 머물며 빵의 부드러운 아랫면에 스며들어 자칫 모자랄 수 있는 촉촉함과 달콤함을 은근히 채워줍니다. 여기에, 따뜻한 아메리카노 커피가 더해집니다. 그 쓴맛이 달콤함에 대한 권태를 잊게 해줍니다.

나름대로는 허니버터브레드에 관하여 독자의 이해를 돕기 위해 묘사를 해보았지만, 하다 보니 결국 변변치 않은 설득을 하고 있군요. 자아, 그럼 원래의 어조로 돌아가서, 하려던 얘기를 이어가도록 하겠습니다.

아이러니한 것은, 내가 그토록 반한 이 음식에 쓰인 재료들 대부분이 내가 평소 즐기지 않는 것들이라는 사실이다. 사실, 즐기지 않는 정도가 아니라, 싫어한다.

예를 들어, 계피 향은 다시마튀각의 향 다음으로 싫어한다. 그래서 가끔 갈빗집에서 식후에 제공되는 수정과는 입에도 대지 않는다. 생크림은 느끼해서 보는 것만으로도 힘겨워 하는 편이다. 그래서 케이크(생크림)는—생일이나 크리스마스 혹은 공연을 올렸을 때 생기는 경우—그것의 기분만 감사히 즐기고 먹지는 않는다. 빵의 경우는, 특별히 싫어하지는 않지만 좋아하지도 않는다. 정말 배가 많이 고프지 않으면 먹지 않는다.

캐러멜 소스나 설탕 시럽은 딱히 싫어한다기보다는, 단맛 자체를 싫어하는 나의 입맛에 반한다.

                                          거리에서, 문득

그럼에도 불구하고, 나는 이것들의 총합에 반해버렸다. 어찌 보면, 이러한 현상은 그것들이 서로에게 어떻게 작용하였느냐의, 즉 조화의 문제일 수도 있겠고, 그러한 조합이 이루어지기까지 상당한 경우의 수(변수)를 피해감으로 인해 얻어진 오묘하고 절묘한 비밀의 문제일 수도 있겠다는 생각도 든다.

하지만 심플하게 생각해보면, 어느 날 나에게 깃든 허니 버터브레드 사랑은, 모든 것은 변하고 나도 변한다는 사실을 말해준다. 부지불식간에 변해버린 나 자신을 이와 같은 사건을 통해 어느 날 문득 만나게 되는 것이다. 살아오며 나는 '절대'라는 말을 심심치 않게 사용해왔다.

"나는 계피가 들어간 음식은 절대 먹지 않을 거야."

하지만 나는 오늘 이 순간 계피가루가 들어간 음식의 맛이 얼마나 나를 행복하게 했는지를 되새기고 있다. 상투적인 교훈을 말하는 것 같지만, 사는 동안 '절대'라는 말은 아끼는 게 좋을 것 같다는 생각이 든다.

세상에, 인간의 차원에, 절대적인 절대는 극히 드물 것 같다는 느낌이 들기 때문이다.

영광의 명단

한파가 매섭던 12월의 어느 날, 나는 은평구에 있는 대형 마트를 향해 차를 몰았다. 주머니에는 아들이 적어서 거실의 크리스마스트리 아래 놓아두었던 성탄절 선물 명단이 적힌 메모지가 들어 있었다. 메모 쪽지에는 다음과 같은 총 여덟 개의 이름이 쓰여 있었다.

1. legend of chima(레전드 오브 키마)
   ; 70008 고르잔의 고릴라 스트라이커
2. Tobot(토봇) 3단 뽕망치
3. 너프 엘리트 파이어 스트라이크
4. 레고 75005 랭커 핏; 스타워즈
5. 미니 자동 버블 건
6. 곤 광선팽이
7. 트랜스포머 4 디럭스; Dinobot Slash(다이노봇 슬래쉬)
8. 거북이와 거북이 어항

"가만있자…, 내가 전에 같이 둘러보았을 때의 기억으로는, 1번과 4번의 경우는 레고였고, 2번과 5번 그리고 6번은 이름 그대로 뽕망치와 버블 건(비눗방울 총)과 광선팽이였고, 3번은 뭐였는지…, 잘 모르겠고, 7번은 이름처럼 변신 로봇인데 공룡 모양이었던 것 같고, 8번은 애완동물 코너에서 봤던 거였지?"

나는 자동차가 신호 대기를 할 때마다 명단을 꺼내어 보았다. 그리고 혼잣말을 하며 그 내용을 신중히 분석했다. 왜냐하면, 명단은 아들이 가지고 싶은 장난감의 '후보들'이었고, 나에게는 그들 가운데 일부만 선택하여 사야 하는 임무가 주어져 있기 때문이었다.

아이 입장에서야 어떤 것이 선택되든 상관없겠지만, 그의 엄마는 다를 것이었다. 가격에 관해서는 관대하다. 아이가 좋아하고, 그것이 교육적으로 문제만 되지 않는 것이라면, 그녀는 '오케이'다. 하지만 폭력성을 띤 종류의 것에는 엄격하다. 그런 의미에서, 그녀는 총 종류의 장난감은 절대로 허락하지 않는다. 내가 봐도, 비비건 같은 경우는, 그것의 위험성이 과거 실명 사고 사례에서 드러났듯이 너무 위험하다.

나는 가장 무난해 보이는 레고를 먼저 선택하기로 계획했다. 그리고 뽕망치나 팽이, 아니면 변신 로봇 중에 하나도 덤으로 얹어지면 좋겠다고 생각했다. 거북과 어항은 봄의 깜짝 선물을 위해 아껴두기로 했다. 버블 건의 경우는, 비록 그것이 총 모양이지만, 비눗방울이 나오는 것이라는 점에서 큰 문제는 없지 않을까, 하고 생각했다. 문제는, 그 정체를 알 수 없는 3번(너프 엘리트 파이어 스트라이크)이었다. 이름에 포함되어 있는 '파이어 스트라이크fire strike(쏴서 맞히다)'라는 말로 미루어, 이것은 총 장난감일 가능성이 높았다. 그것이 사실로 확인된다면, 이것은 선택에서 제외되어야 할 것이었다.

'하지만 만약, 이 3번이 아들의 입장에서는 가장 갖고 싶은 장난감이라면, 그때는 어떻게 해야 할까.'

나는 마트의 지하 주차장에 차를 세우고 매장으로 올라가는 엘리베이터를 기다리는 내내, 그것에 관해 고민했다. 장난감 코너에 도착하여 실물을 확인해보니, 그것은 공상과학영화에나 나올 법한 광선총 모양을 하고 있었다. 그리고 총알은 스펀지로 만들어진 크레파스 모양의 것이었다. 총알의 한 쪽 끝에는 빨판이 달려 있어서 유리 같은 곳에 쏘면 달라붙을 것처럼 보였다.

나는 그 정도면 교육적으로나 안전 문제에 있어서나 큰 문제는 없지 않을까, 하는 생각을 했다. 하지만 아내의 입장은 어떨지에 관해 다시 한 번 생각해보았다. 비록 그것이 실제 총과 똑같은 모양은 아니더라도 총은 총이고, 비록 그것이 실제 총알은 아니더라도 그것이 어떤 대상을 향해 발사된다는 점에서, 여전히 그것은 폭력적이라는 판단이 가능했기 때문이다. 아내의 손을 들어주자니 아들이 울고, 아들의 손을 들어주자니 아내가 못마땅해 할 판이었다.

나는 포장 상자에 적힌 제품 설명을 살펴보았다. 거기에는 다음과 같은 내용의 문구가 적혀 있었다.

"20미터 전방의 목표물 적중 가능. 사람의 눈을 향해서 쏘지 마세요."

나는 그것을 조용히 제자리에 내려놓았다. 그리고 '최우선 구매 후보'인 레고들(항목의 1번과 4번)을 찾으러 갔다. 다른 건 몰라도, 무언가에 눈을 맞을지 모르는 불안감 속에서 살기는 싫다.

이 글을 쓰는 현재, 내 자동차의 트렁크 안에는 내 아들과 나, 그리고 나의 아내 모두에게 선택받은 장난감들이 크리스마스를 기다리며 숨을 죽이고 있습니다. 모쪼록 나의 아들에게 기쁨과 즐거움이 되어주고, 또 그에게 사랑받는 모두이길 바라며, 그 영광의 명단을 공개합니다.

    1. legend of chima(레전드 오브 키마)

     ; 70008 고르잔의 고릴라 스트라이커

    2. 레고 75005 랭커 핏; 스타워즈

    3. Tobot(토봇) 3단 뿅망치

    4. 트랜스포머 4 디럭스; Dinobot Slash(다이노봇 슬래쉬)

거북들은 봄까지 건강하시고, 품절이라서 못 만난 '미니 자동 버블 건'과 '곤 광선팽이'는 다음 기회에 다시 만나요.

쇼윈도 안의 우아한 케이크

아침 일찍 일어난 탓에 피곤했는지, 아들이 나의 어깨에 기대어 잠을 잔다. 우리가 앉아 있는 곳은 예술의전당 오페라하우스의 2층 객석, 〈호두까기 인형〉(발레 공연)의 1막이 한창 진행 중이다. 아내는 잠들어 있는 아들이 놓치고 있는 울림과 장면에 아쉬움을 느끼는 듯하다. 물론 나도 그렇다. 하지만 졸음을 거스르고서는 진정한 감동을 얻을 수 없다. 예술은 누구에게도 강요될 수 없는 것이다. 그래서 나는 그에게 어깨를 내어주고 기다려주기로 했다. 1막의 50분을 희생하고, 20분의 인터미션을 보내고 나면, 어쩌면 2막은 건질 수 있을 것이다.

〈호두까기 인형〉은 그 소리와 장면 모두 우아함의 결정체이다. 거기에 흐르는 차이코프스키의 선율과 화음은 고도로 정제된 음료 같다. 한 모금 마시면 잠이 솔솔 오는 마법의 액체 같다. 그것의 울림 어디에도 부자연스러움은 없다. 어쩌면 아들이 잠드는 것도, 피로감에 의한 것이라기보다는, 자신을 에워싸는 그 편안한 울림 때문일지도 모른다.

무용수들의 동작이 자아내는 형상도 예외는 아니다. 현실이지만 현실적이지 않은 곡선들이 그들의 몸으로 만들어진다. 하루키의 꿈속에 장화와 함께 등장하는 장어처럼, 보는 이로 하여금 조금만 방심하면 몽롱해지고 잠이 들게 하는 힘이 거기에는 있다. 나는 그들의 화려하고 품위 있는 의상과 그들 위로 쏟아지는 화사한 조명을 보며, 그 공간은 가깝지만 범접할 수 없는 격식을 갖추고 있다고 느낀다. 그것은 나 자신을 남루하게 느껴지게 한다. 지독히 추운 날, 갈 곳 없는 나그네가 어느 쇼윈도 앞의 거리에 서서, 그 안에 우아하게 놓여 있는 고급 케이크를 바라보는 느낌. 살아오며 〈호두까기 인형〉을 여러 차례 보았지만, 언제나 나는 그런 느낌을 받는다. 어떤 면에서는 문화적 허영심에 기댄 흥행처럼 보이기도 하지만, 본래 이 공연이 가지고 있는 예술적 면모는 아들에게 반드시 경험되어야 할 가치를 가지고 있다고 나는 생각한다.

덧붙이자면, 때로는 현실과는 괴리가 있을 수밖에 없는 것이 예술이라는 점에서, 나는 이 비현실적이고 문화적 허영심이 가득해 보이는 공연을 아들에게 권한다. 비록 절반

을 놓친다 해도, 여전히 경험해볼 만한 '현상'이다. 공연 중
에 울리는 경쾌한 휴대폰 벨 소리나, 커튼콜을 등지고 공연
장을 빠져나가는 사람들의 모습은 물론 제외하고 말이다.

                                          거리에서, 문득

아름다움 너머

　　얼마 전 나는 동대문디자인플라자에서 열린 오드리 헵번 Audrey Hepburn 사진전을 찾았다. 동행한 아들은 입장하기도 전부터 언제 집에 갈 거냐고 물었지만, 나는 매표소 옆의 한쪽 벽에 걸린 오드리 헵번의 커다란 사진 옆에 서보라는 말로 대답을 대신했다. 그도 그럴 것이, 아들로서는 자기가 알지도 못하는 '어떤 사람'의 사진들을 보는 일이 그다지 흥미롭지는 않았을 것이다. 하지만 나로서는 아들에게 그녀를 꼭 소개해야만 했다. 왜냐하면, 삶의 어느 귀퉁이를 잘라내어 이타적으로 사용한 누군가의 삶을 자세히 들여다볼 기회는 인생에서 의외로 많이 찾아오지 않기 때문이다. 사진은 글이 닿지 못하는 것을 담는다.

　　"전시장 안에서는 사진 촬영이 금지되어 있습니다."

　　안내 요원의 당부를 들으며 우리는 전시장 안으로 들어갔다. 아들은 우리의 동선을 따라 펼쳐지는, 어느 서양 여인의 성장 과정을 담은 사진들을 무심히 지나쳤다.

그녀가 미술에 재능을 보이고 발레 교육을 받았다는 사실이나 2차 세계대전의 소용돌이 속에 오빠들을 잃은 아픔, 그리고 전후에 그녀에게 찾아온 가난과 질병을, 나는 그에게 열심히 설명했다. 하지만 그에게 그것은 와 닿지 않는, 오래전 어느 먼 나라의 낯선 사람에 관한 얘기로만 들리는 것 같았다. 영화 〈로마의 휴일〉에서 그녀가 상대 주연배우인 그레고리 펙Gregory Peck과 함께 탔던 작은 모터사이클의 실물을 보고도, 그는 아무 감흥을 느끼지 못했다. 같은 맥락에서, 오드리 헵번이 생전에 즐겨 입었던 드레스, 혹은 아카데미 시상식에서 입었던 드레스들도 딱히 그의 관심을 끌지는 못했다. 단지 그는, 어서 그 전시장을 벗어나 집으로 가서 아빠와 놀고 싶어 하는 눈치였다.

나는 다리가 아프다는 그를 데리고 전시장 출구 쪽을 향했다. 그런데 마침 출구 조금 못 미친 곳에 영상을 보는 장소가 있었다. 우리는 자리에 앉아서 그 영상을 바라보았다. 거기에서는 오드리 헵번이 생전에 유니세프 구호 활동 과정에서 만난 어린이들의 모습, 그리고 그들이 처한 절박한 상황을 호소하는 그녀의 모습이 나오고 있었다. 아들은 피골이 상접한 아프리카 어린이들의 모습을 말없이 바라보았다.

그리고 이어지는 오드리 헵번의 연설에도 주의를 기울였다. 나는 교육적인 부연을 하지는 않기로 했다. 우리는 전시장을 나섰다. 거기에는 관람자들이 기념 촬영을 하고 갈 수 있도록 설치된 오드리 헵번의 커다란 사진이 있었다. 나는 그 사진 한쪽에 적혀 있는 짧은 말을 읽었다.

"Beauty beyond Beauty."
(아름다움 너머의 아름다움.)

믿기 어려울 정도로 야윈, 먹을 힘조차 없는 어느 아프리카 어린이의 입술에 이유식을 묻혀주는 그녀의 주름진 얼굴이 잊히지 않는다. 보여지는 아름다움이 저문 자리에 내려앉은 아름다운 황혼. 아들에게는 그것이 어떤 인상으로 새겨졌을까.

그곳을 떠나며, 나는 나의 남은 삶을 생각하게 되었다. 그것을 엄숙히 바라보게 되는 귀갓길이었다

사우나 노스탤지아

아들의 겨울방학을 맞아, 나는 그와 아내를 데리고 서울 근교의 리조트에 갔다.

운전에는 조금 불편이 따랐지만, 때마침 내리는 눈이 아들의 생애 첫 스키 경험에 안성맞춤이었다. 숙소에 도착하여 여장을 푼 우리는, 가장 먼저 아들에게 스키복을 입혔다. 스키 강습까지 시간이 빠듯했기 때문이다. 그는 처음에는 "싫어요."라고 했지만(아들이 요즘 이 표현에 재미를 붙인 것 같다), 막상 강습을 받고 나서는 "또 타고 싶어요."라고 말했다. 나는 아들의 이러한 반응이 스키 자체에 대한 흥미는 물론, 털털하고 재미있는 강사 선생님에 대한 호감에서 온 것임을 알 수 있었다(선생님, 감사합니다).

스키 스쿨 관리소에 들어와 스키 부츠를 벗고 있는 아들의 얼굴이, 한 시간은 족히 쐰 눈보라에 빨갛게 얼어 있었다.

"춥지?" 내가 물었다.

"눈싸움?" 아들이 되물었다.

그와 나는 슬로프 한쪽에서 눈싸움을 했다.

아내는 그런 우리를 숙소 건물 로비에 있는 커피 전문점에 앉아서 내다보고 있었다.

나는 얼어 있는 눈덩어리를 집어 드는 아들에게 그런 것들은 맞았을 때 정말 아프다고 말했다. 그는 내 말을 들어주었다. 그리고 부드럽고 하얀 눈을 뭉치기 시작했다.

나는 장갑을 끼고도 손이 시리다고 느꼈는데, 그는 자꾸만 장갑을 벗고 맨손으로 눈을 뭉쳤다. 나는 그에게 장갑을 끼라고 잔소리를 했다. 그는 장갑을 '끼어주는' 대신, 눈밭에 큰대자로 누워 팔과 다리로 날갯짓하는 시늉을 했다. 그러는 동안 그의 소매에는 차가운 눈이 들어갔다. 낭만도 좋지만 감기 걸릴까 신경이 쓰였다. 하지만 그 기분을 깨지 않기로 했다.

다행히 얼마 지나지 않아 그가 들어가자고 말했다. 나는 그에게 사우나에 함께 가자고 말했다. 그가 좋다고 말했다. 나는 로비에서 우리를 맞이하는 아내에게 우리의 결정을 말했다. 그녀와 우리는 로비와 같은 층에 있는 사우나 입구까지 함께 걸었다. 거기에서 그녀는 우리와 헤어졌다(그녀는 여자 쪽이고, 우리는 남자 쪽이니 당연하다).

우리는 신발장에 신발들을 넣고 열쇠를 챙긴 뒤, 입구에서 받은 열쇠의 번호에 맞는 옷장을 찾아 들어갔다. 나는 그와 나의 옷장 문을 열었다. 그는 벗은 옷을 야구공 던지듯 옷장 안에 던져 넣었다. 나는 생각지 못한 것에서도 재미를 찾아내는 그의 모습에 부러움을 느꼈다.

옷을 모두 벗은 우리는 체중을 쟀다. 체중계에 올라선 아들의 뒷모습이 꽤 의젓해 보였다. 사우나에 들어서 보니, 우리 외에는 아무도 없었다. 나는 아들과 간단히 샤워를 하고 따끈한 탕 안으로 들어갔다. 탕의 가운데에서는 마사지용으로 보이는 공기 방울들이 솟아오르고 있었는데, 아들이 그걸 놓칠 리가 없었다. 그는 어느새 그 방울들 속에 앉아 있었다.

우리는 한동안, 말없이 서로를 마주보았다. 그가 있는 쪽으로 내가 다가가자, 그가 다른 곳으로 자리를 옮겼다. 그 눈에는 장난기가 가득했지만, 나는 묘한 서운함을 느꼈다. 나는 그 상황이, 그가 나중에 장가를 가고, 내가 늙었을 때 느끼게 될, 그를 향한 그리움의 복선 같다고 느꼈다. 나는 아들에게 1부터 100까지 숫자를 세고 탕을 나서자고 했다.

그는 20을 셀 때까지 버텼다. 탕에서 나온 우리는 한증막을 발견했다. 내가 먼저 들어가서 문을 연 채로 아들에게 들어와 보라고 했다. 입구에 선 채로 고개만 안으로 들이민 그는, 한증막 안의 열기를 알아채고서 얼른 도망을 가버렸다. 나는 한증막 유리창을 통해 아들을 내다보았다. 그는 탕 쪽에 앉아서 바가지로 물을 뜨며 놀고 있었다.

어느 정도 땀을 뺀 뒤, 한증막을 나선 나는 아들을 불렀다. 사우나 입구에서 산 때수건을 손에 끼고서 아들의 몸을 씻어나갔다. 그는 불평 없이 내게 자신의 팔과 다리와 등을 맡겼다. 평소에 워낙 잘 씻겨서인지 때가 나오지를 않았다(어쩌면 내가 너무 살살 밀어서 그랬을 수도 있겠다는 생각도 들지만).

"끝!" 내가 말했다.

"이제 가요." 그가 요구했다.

나는 그를 샤워기 앞으로 데려가서 머리를 감기고 몸을 헹구어 주었다. 그리고 밖으로 나가기 전, 그의 몸에 남은 물기를 닦아 주었다.

옷장에서 속옷만을 챙겨 걸친 우리는, 거울 앞에서 머리를 말리고 로션을 발랐다. 그리고 나머지 옷을 입고, 사우나를 나섰다. 아직 나오지 않은 아내를 기다리며, 그와 나는 그렇게 사우나 입구에 서 있었다.

  거리에서, 문득

그렇게 별다를 것 없는 일이었는데, 나는 자꾸만 그 방금 전의 시간이 그리웠다. 그가 곁에 서 있는데도, 그가 자꾸만 그리웠다.

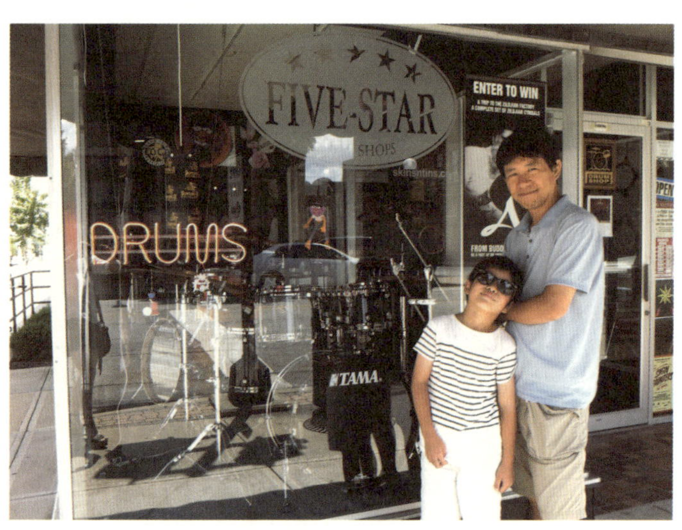
FIVE-STAR
SHOPS
DRUMS
ENTER TO WIN
A TRIP TO THE ZILDJIAN FACTORY
A COMPLETE SET OF ZILDJIAN CYMBALS
FROM BUDD
TAMA

거리에서, 문득

같은 하늘 아래

다이내믹 월드

2013년이 끝나갈 무렵, 그러니까 크리스마스 공연의 여운이 채 가시기도 전에, 최근에 장만한 저의 스마트폰에서 '후흐히 흐이 히' 하고 메시지 도착 휘파람 소리가 울렸습니다. 열어보니 그 안에서 스윗 소로우의 성진환 군이 1월 4일에 있을 결혼식에 저를 초대하고 있더군요. 마지막으로 본 게 그가 총각 때였을 때니까, '시간이 흐르긴 흘렀나 보군.' 하고 실감이 들었답니다. 그와 더불어 든 생각이 뭐고 하니, 그곳에 가면 유학 기간 동안 연락이 뜸해졌던 음악인 동료, 선후배를 만날 수 있겠구나, 하는 기대감이었습니다.

결혼식에 가보니, 예상대로 빈가운 얼굴들이 많았습니다. 한편으로는 성진환 군의, 그리고 스윗 소로우의 놀랍도록 넓은 외연에 산탄이 들기도 했습니다. (하긴, 그들은 사람들로 하여금 호감을 느끼게 하기에 충분한 매력이 있어요. 인정.) 뷔페식을 마다하고—결혼식 전에 먹었던 회가 미처 소화되지 않은 터라서 그랬습니다. 결코 메뉴에 불만이 있거나 괜히 쭈뼛쭈뼛하는 마음이 들어서가 아니랍니다―작곡가 겸 피아니스트인 Mr. Mars와 이런저런 얘기를 나누었습니다. 무슨 말이 오갔는지에 앞서, 하필 결혼식 전에 회를 먹었던 이유에 관해 잠시 말씀드리자면 이렇습니다.

그 전날 초저녁 무렵부터 묘하게 떠오른 싱싱한 광어와 우럭 회가, 그리고 고추냉이를 충분히 풀어놓은 간장이 서로 얼마나 절묘한 맛의 조화를 이루는지에 관한 새삼스러운 감탄이, 머릿속에 맴돌며 다음 날 아침에 눈을 뜬 제게 다음과 같이 속삭였던 것입니다.

"그것이 어디인지, 혹은 언제인지는 중요하지 않습니다. 기억해야 할 건, 싱싱한 광어와 우럭 회로부터 얻을 수 있는 행복을 미룰 이유는 아무것도 없다는 것입니다. 결혼식장에서 만난 당신의 얼굴이 지금 섭취한 생동감 넘치는 회를 닮는다면, 그 이상 보는 이들을 배려하는 일이 어디 있을까요. 자아, 그러니 이제 그만 결혼식에 가서 만날 음식들은 잊으시고 일단 일식집으로 향하심이 어떨까요. 네? 아, 무슨 말씀이신지 압니다. 결혼식 뷔페에 회가 나오면 너무 아까운 일 아닐까요?라고 묻고 싶으신 거죠? 그렇다면 이렇게 대답해드리고 싶습니다. 그때까지 미루실 수 있을까요? 그 벅차

  거리에서, 문득

오르는 행복을?"

그래서 회를 먹게 되었습니다. 그것도 충분히.

Mr. Mars와의 대화 얘기로 돌아갑니다. 일단 어투를 다소 '딱딱하게' 바꾸겠습니다. 왜 바꾸느냐고 물으신다면, 불현듯 그러고 싶어졌기 때문이라고 말씀드리고 싶습니다. 미묘한 우럭과 광어 회를 향한 끌림처럼.

Mr. Mars와 나는 그동안 어떤 것들을 이루었는지, 앞으로는 어떤 일들을 하고 싶은지에 관한 얘기를 나누었다. 뭐, 어찌 보면 다분히 형식적이고 상투적인 대화로 보일 수도 있겠다. 다만 내게는 그 대화가 그렇게 '만만한' 의미만은 아니었음을 말하고 싶다. 짧다고 하면 짧고, 길다고 하면 긴 한국 가요계와의 단절이 내게는 '다시 시작해야 한다'는 구호를 외치게 하는 어떤 것으로 기능하기 때문이었다. (말하고 보니 꽤나 비장한 선언이다.) 빛의 속도로 탈락한 노래 경쟁을 위해 한국에 들어외 있던 휴학 기간이 있기는 했지만, 그 이후의 시산만 본다 하더라도, 가요계에는 그야말로 드라마틱한 변화가 있있을 섯이다. 짐작컨대, 1980년대에 비한다면 그 속도가 몇 배는 되지 않았을까 한다.

그런 치열함 속에, Mr. Mars는 Y 선배의 곡 작업에 편곡을 담당해왔으며, 그동안 대학에서 피아노와 작곡 레슨을 해왔다고 했다. 표면적으로 보면, 그가 해온 일들은 매우 안정적인 음악인의 일상을 보여준다고 할 수 있겠다. 하지만 나에게는 다른 것이 보인다. Mr. Mars의 음악적 매력이 작곡과 편곡의 종합적 작업에서 더욱 선명하게 드러난다는 점에서—적어도 저는 확신합니다, 음—편곡 작업만이 주어지는 상황이 그다지 그에 대한 합리적인 음악적 대우로 보이지 않기 때문이다. 물론 다른 이의 곡을 위한 편곡만으로도 그의 음악적 색깔이 어느 정도 드러날 수도 있겠지만, 역시 Mr. Mars의 가장 빛나는 부분은 뭐니 뭐니 해도 작곡이다, 라고 나는 강력히 주장한다. 왜냐하면 그의 작곡에는 독특하고 세심한 감성과 얼버무림 없는 이성적 견고함이 잘 자리하고 있기 때문이다.

그럼에도 불구하고, 지금의 가요 시장은 그의 편곡만을 주로 선택하고 있다. 어떤 면에서 그가 빚어내는 탁월한 편곡의 사운드가 '이용'되고 있는 건 아닐까 하는 생각도 든다. 그의 편곡이 단순한 악기 편성이나 원곡의 포장에만 그치는 것이 아니라는 이유에서이다. 다시 말해서, 그의 편곡은 편곡 의뢰를 받은 곡에 대한 또 다른 작곡으로 보아도 무방할 정도이다.

거리에서, 문득

　그렇다면 왜 이런 현상이 있는가에 대한 생각을 해볼 필요가 있다. 그리고 그 대답은 이 글의 서두에 언급했던 스윗 소로우의 결혼식에서 오랜만에 만난 몇몇 음악인들의 대화에서 찾아볼 수 있다. 먼저 작곡가 겸 방송인 Mr. Lunar는 이렇게 말했다. "몇 년 전에 오랜 유학 생활을 마치고 한국에 들어온 피아노 연주자가 있어. 트래블 클래프(예명이고 한국인이다)라고 하는데, 그 연주력이 어찌나 뛰어났던지 당시 가요계에 소문이 자자했지. 문제는, 그가 한국 음반 시장과 가요계의 음악적 특성을 파악하고 적응하는 일에만 2년이 족히 걸렸다는 사실이야. 연주를 아무리 잘하고 음악적으로 아무리 뛰어나도 가요 시장에는 안 먹힌단 얘기지."

　한편, 싱어송라이터인 Mr. Solar는 앨범(요즘의 개념으로는 싱글) 홍보의 중요성을 역설하기도 했다. "요즘은 앨범(음원) 발표 시점을 정하게 되면 그 예정 발표일의 최소 6개월 이전부터 홍보를 해야 해요. 인터넷의 주요 포털 사이트에 일정 기간 계속적으로 기사를 올리는 바이럴 마케팅이 대세라고 볼 수 있죠. 일정한 돈을 지불하면 그에 상응하는 일정 기간 동안 홍보를 해줘요. 단, 여기에 반드시 필요한 것이 있어요. 가수 측이 준비해야 하죠. 바로 뮤직 비디오예요. 좋은 품질의 뮤직 비디오와 그것으로 유도하는 링크가 홍보에 의해 잘 퍼져야 해요."

Mr. Lunar가 이어 받아 말했다. "예전에는 좋은 사운드를 만들기 위해서 녹음 작업에 많은 돈을 투자했었지. 반면에 뮤직 비디오에 돈을 너무 많이 쓰는 것은 비효율적인 지출이라는 생각이 지배적이었고. 반면, 요즘은 그래. 녹음 비용을 최대한 아껴. 그 아낀 돈을 뮤직 비디오에 투자하지. 왜냐하면, 사람들이 새로 나온 곡을 접했을 때, 영상 없이 소리만 있으면 그 곡을 끝까지 견디지를 못하는 경우가 많아. 하지만 뮤직 비디오와 함께 그 음악이 흐르면, 어쨌든 끝까지 견디고 듣게 되는 경우가 느는 것 같아. 솔직히 요즘 사람들은 음악 자체의 사운드에는 별로 신경을 안 써. 좋은 영상에 어우러지는 음악이 돼야, 어느 정도 관심을 가지지."

방송(예능) 출연을 적극적으로 하는 경우와 그렇지 않은 경우의 음악인들이 겪게 되는 다른 현실들도 잠시 언급되었다. 거기에는 엔터테이너로서의 방송 활동을 하지 않아온, 혹은 '못해온'(예능을 하려면 다소 독한 면이 있어야 독하게 웃기고 독한 것에 잘 버틸 수 있기 때문) 싱어송라이터가 최근 공연에서 얼마나 심각한 흥행의 실패를 맛보았는지에 관한 사례의 소개도 잠깐 있었다. (방송 활동과 공연 흥행의 연관성에 관한 과학적 근거는 전혀 없음을 밝혀둡니다.) 그와 동시에, 아

　　　　　　　　　　　　　거리에서, 문득

이돌 가수들과 함께 무대에 설 수 있는 중견 혹은 기성 가수가 될 수 있다면 이 어려운 상황에서 참으로 감사할 일이라는 끄덕임이 '표면적으로는' 그 좌중을 덮었다.

그렇게 보면, Mr. Mars에게 편곡을 맡기는 작곡가 혹은 제작자가 고마운 분들이라는 생각이 든다. 적어도 그들은 음악에 있어서 사운드가 여전히 중요하다는 측면을 간과하지 않았음을 의미하기 때문이다. 음악의 본질이 사운드라는 당연한 얘기도 이제는 신선한 무엇으로 여겨질 수 있다는 점에서 음악 하는 사람들에게는 참으로 스릴 넘치고 다이내믹한 세상이 아닐 수 없다. 앞으로도 Mr. Mars의 멋진 편곡 사운드, 많이 애용해주세요. 끝.

조용필 선배님, 감사합니다

안녕하세요.

저는 2013년 12월 25일에 서울의 삼성동 코엑스에서 공연을 가졌던 후배 가수 조규찬이라고 합니다. 직접 찾아가서 드려야 할 말씀이기는 하지만, 오히려 바쁘신 선배님께 누를 끼칠 것 같다는 생각에 이렇게 글로써 먼저 감사의 마음을 전합니다.

그날 선배님께서 보내주신 화환은 저에게 측량할 수 없는 용기를 주는 것이었습니다. 어느 음악인에게나 그렇듯, 저에게도 음악을 하고자 하는 동기가 된 선배님들이 계십니다. 그 가운데 가장 큰 의미로 자리하고 계신 분이 바로 조용필 선배님이십니다. 그런 분이시기에, 그런 분으로부터 격려를 받았기에 그날의 저는 더욱 용기를 가질 수 있었습니다.

1980년대의 어느 겨울이었습니다. 바깥은 추운 겨울이었고 하늘은 흐렸습니다. 사춘기를 살고 있던 저는 싸늘한 방바닥의 냉기를 두꺼운 이불로 가린 채 웅크리고 있었습니다. 창밖의 바람은 흐느끼고, 그 흔들림에 창문은 어쩔 수 없이 동요하여 몸을 떨고, 저는 더 깊은 이불 속으로 파고드는, 그런 오후였습니다. 머리맡에 놓인 작은 라디오에서 두 곡이 이어졌습니다. 첫 곡은 나미 선배님의 「슬픈 인연」이었고, 그다음 곡이 선배님께서 부르신 「사랑하기 때문에」였습니다.

그 짧은 순간의 울림이 저에게 심어준 영감이 없었다면 과연 제가 음악을 시작하게 되고 지금까지 그것을 이어올 수 있었을까, 하는 의문을 갖게 됩니다. 사람들이 선배님을 '가왕'이라고 부르기 때문에 저도 거기에 편승하여 드리는 말씀이 아닙니다. 그 장소에는, 그 시간에는, 감탄이나 칭송으로는 보답할 수 없는 치유가 있었기 때문입니다. 영감이 있었기 때문입니다. 그렇게 고유한 저만의 어떤 것이었기 때문입니다.

2013년에 발표하신 음반을 향한 대중의 폭발적인 반응을 보며, 음악의 힘이 이런 것이구나, 하는 실감을 했습니다. 그리고 그 일은 저로 하여금 단순한 진리를 되새기게 하였습니다. "가수(음악인)의 생명력은 음악에 있다."

언젠가, 어떤 식으로든, 선배님의 음악적 행보의 어느 작은 한 부분에라도 함께할 수 있을 날을 꿈꿉니다. 그렇게 될 수 있도록, '음악을 하는 음악인'의 모습을 놓지 않도록 노력하겠습니다.

선배님의 후배를 향한 따뜻한 배려와 격려에 형언할 수 없는 감사를 올리며 이만 줄이겠습니다.

정말 감사합니다.

경청의 미덕

그러고 보니, 유독 내가 한 말을 잘 기억하는 사람들이 있다. 그 가운데 떠오르는 첫 번째 사람은 나의 아내이고, 두 번째 사람은 출판 기획자 김영훈 씨이다.

아내의 경우는 주로 나조차 기억하지 못하는 과거의 내 발언을 토씨 하나 놓치지 않고 정확히 기억한다. 내가 기억을 못하니까, 그게 정말 정확한 건지 확인할 길은 없지만, 그녀의 재연을 보고 있노라면 그 말을 하고 있는 내 모습이 보이므로 확실히 근거는 있다고 본다. 기억력 좋은 총명한 아내가 있어서 건망증 심한 나로서는 꽤 든든하다. 음.

김영훈 씨는 내가 버스에 앉아 있거나, 학교에서 교수 회의가 있을 때 주로 전화를 걸어온다. 물론 함께 엮어야 할 책에 관한 얘기가 용건이지만, 우리는 본론과 다소 거리가 있는 얘기 또한 통화 때마다 거르지 않고 나눈다. 오히려 본론은 그 사이에 잠깐씩 '불쑥' 튀어 나온다. 오늘은 이른 저녁에 통화를 하게 되었는데, 역시나 이때도 책 얘기와 그다지 큰 연관이 없는 주제가 나왔다. "천재와 노력가 중 누가 위너winner라고 생각하시나요?"라고 그가 느닷없이 물어 온 것이다.

나는 "노력가 쪽이 결국엔 승리해야 하지 않을까요?"라고 대답했다.

그러자 그가 지적했다.

"저번에 만났을 때는 천재 쪽이 이기게 되어 있다고 하셨잖아요. 불공평해도 그건 어쩔 수 없는 일이라고요. 기억 안 나세요?"

나는 잠시 미간을 찌푸리며 그의 얘기가 사실인지 기억을 더듬었다. 그리고 그가 맞다는 것을 확인했다. 이런 문제에는 어떤 변명이나 합리화도 소용없다. 논리보다는 감성이나 그것에 기댄 궤변이 그나마 조금 나을 수 있다는 판단으로 내가 대답했다.

"사람의 생각은 움직이는 거 아닌가요?"

그러자 그가 반응했다.

"아…!"

하지만 그의 그 짧은 감탄사에는 해결되지 않은 '무언가'를 털어내지 못하는 여운 같은 것이 담겨 있었다. 나는 그가 다시 출판 계약에 관한 얘기로 화제를 돌려주길 바라며 잠시 침묵을 지켰다. 사실 그때 나는 하루 종일 이어진 강의로 많이 피로한 상태였고, 내가 앉아 있는 곳이 집으로 가는 버스 안이었기 때문에, 말을 하는 일에 그리 적극적이거나 편안한 상태가 아니었다.

다행히(?) 그는 다시 출판 계약에 관한 얘기를 꺼냈다.

"일단 계약을 해야 하는데, 언제 만나는 게 좋을까요? 지난번에 약속이 취소되고 나서, 8월 내로 계약을 마무리 지으려 했던 계획은 어차피 무산된 거니까…, 너무 급하게 만날 필요는 없을 것 같아요. 우리 사이에 잠깐 만나서 계약서에 도장만 '꽝' 찍고 헤어지는 것도 좀 그렇잖아요. 그쵸? 저는 규찬 씨 시간에 맞출 수 있으니까 이번 주 중 아무 때나 편하실 때 봬요. 시간 보셔서 전화 미리 주시고요."

"네. 전화드릴게요." 내가 대답했다.

전화를 끊고 버스 차창 밖의 사람들을 보다가 문득 나는 그가 고맙다는 생각을 했다. 살면서 나의 '스쳐 지나는', 나소차 기억하지 못하는 말에 귀를 기울이고 그것을 기억해주는 사람을 몇이나 만났던가, 하는 질문에 바로 떠오르는 사람이 그리 많지 않음을 깨달았기 때문이다.

커피 전문점, 그리고 음악 혁명

그날도 나는 집 가까이에 있는 '커핀 그루나루Coffine Gurunaru'를 찾았다. 따뜻한 레귤러 사이즈 아메리카노를 선택하고, 창가의 자리에 앉은 후 스마트폰의 메모장을 열어 테이블 위에 올려놓았다. 뚜껑을 열어둔 커피의 향이 창밖의 겨울과 제법 잘 어울렸다. 그 정도면《거리에서, 문득》원고를 쓰기에 더할 나위 없이 좋은 상황이었다.

나는 "자아, 이제 한번 사는 얘기 좀 해볼까." 하며 '미국의 시카고에는 차돌박이집이 있다'라는 제목으로 글을 열었다.

떠나온 지 일 년이나 지난 후에서야 그곳에서의 일을 얘기하는 일이 쉽지는 않지만, 나로서는 그 시절이 내 안에서 곰삭지 않은 채로 세상에 전해지는 것이 썩 내키지 않았다. 너무 또렷한 기억은 어딘지 모르게 추억될 자격이 덜 갖춰진 느낌이 들기 때문이다. 혹자는 기억의 재편집이 사실의 왜곡을 야기한다는 지적도 하지만, 나는 오히려 그 적절한 망각이 삶에 꼭 필요하다는 생각을 가지고 있다. 가려지는 것 하나 없이 땀구멍까지 보이는 기억은 사양하고 싶다. 너무 차갑다.

나는 커피를 한 모금 마시고 문장들을 적어 내려가기 시작했다. 생각만 할 때는 할 얘기가 많았는데, 막상 글로 옮기려니 정리가 잘 되지 않았다. 그래서인지 문장들이 지나치게 길어지고 사족이 많아졌다. 커피 잔은 비워졌지만, 이야기는 갈 곳을 잃고 있었다. 나는 잠시 글쓰기를 멈추기로 했다. 그리고 다시 창밖을 보았다.

버스가 한 대 지나가고, 택시가 그 뒤를 따르고, 그것들을 배경으로 걷고 있는 어느 중년은 몸을 잔뜩 움츠리고 있었다. 턱을 괴고서 그 광경을 멍하니 보고 있자니, 나를 등진 자리에서 어느 청년의 목소리가 들려왔다. 그 목소리가 어찌나 컸던지, 작심만 하면 그가 하는 말을 그대로 받아 적을 수 있을 정도였다(과장이 아닙니다).

"그래서 교수님이 뭐라 하셔?"

"일단 기타를 배워보라고 하시더라고요." 어느 여학생이 내납했다(마찬가지로 목소리가 상당히 컸다). 그러고는 걱정스러운 말투로 그에게 물었다.

"선배님은 어떻게 생각하세요?"

"배우지 마." 그가 단호하게 말했다. 잠시 정적이 흐르고 난 뒤, 그가 설명했다.

"음악은 필feel이야. 그건 배워서 되는 게 아니지. 기타? 흠, 그걸 배우면, 그렇게 코드 몇 개 알게 되면, 그렇게 알게 된 것들이 진정한 너의 것이 될 것 같아? 네가 스스로 깨닫지 않은 것은 결국 껍데기일 뿐이야. 그런 식으로는, 너를 표현할 수 없어. 너만의 소리는 없는 거야."

"아…!"

그 충고를 듣고 있는 여학생의 목소리가 고개를 끄덕이고 있었다. 그 상황을 듣고 있자니, 미국에 있을 때 어느 교수님의 방에 붙어 있던 문장 하나가 떠올랐다.

"To teach is to touch a life forever(누군가를 가르치는 것은 한 인생을 영원히 터치하는 것이다)."

의도야 어찌 되었든, 결국 엿듣게 된 것 같아 죄송합니다만, 그날 그 커피 전문점 이후 그 여학생의 삶이(대화의 내용에서처럼 만약 음악을 하려 한다면) 어떻게 펼쳐질지 궁금해졌습니다. 그 선배와의 인연이 계속된다면, 모르긴 해도 상당히 드라마틱한 날들이겠죠? 음.

 거리에서, 문득

어떤 하루

오늘은 KTX를 탔습니다. 서울역에서 대전역으로, 대전역에서 서울역으로. 그 왕복의 동선을 영상화하면 대칭 구조의 동작과 역동작이라 해도 과언이 아닐 정도였답니다. 그러니까, 총 소요 시간을 정사각형의 화폭이라 하고, 그것을 정확히 반으로 나눈 후, 한쪽 페이지에 가는 길의 조규찬이라는 물감을 붓고, 그 페이지를 다른 페이지에 포개지도록 접었을 때 얻어지는 데칼코마니 정도를 떠올리시면 될 것 같다는 말씀이죠. 여기까지는 뭔가 딱딱한, 고딕체의 시간이겠군요. 단지, 음…, 대전발 서울행 열차 안에서 경험한, 지독한 멀미를 제외한다면 말이죠. 그게 말이죠, 어느 정도였냐면요, 제가 중학교 때, 그러니까 1984년 여름에 탔던 강남 고속버스 터미널발 강릉행 버스에서 만났던 그 멀미에 결코 뒤처지지 않는 수준이라고 해도 과장이 아닐 정도라는 말씀이죠. 정말 절대로, 절대로, 결코 부풀린 얘기가 아니라는 거죠. 정말로, 단연코.

그때는 고속버스에 '안내양' 누나가 운전기사 아저씨 옆에 동승하던 시대였다는 것도 갑자기 떠오르네요. 백열등이 갑자기 '팟' 하고 켜지는 것처럼 말이에요, 형광등처럼 '트드드드드, 탓' 하고 켜지는 것 말고요. 그렇게 별안간 머릿속에 '딱' 하고 떠오르는 거죠.

그러고 보니, 그 안내양 누나가 절 굉장히 안쓰러워하며 바라보던 기억이 나네요. 두꺼운 화장, 특히 진하고 두툼한 연지, 의외로 때가 탄 흰색 옷깃에 둘러싸인 그 안내양 누나의 위로가 어찌나 큰 힘이 됐는지, 그 험하디험한 미시령을 넘느라 더욱 심하게 꿀렁이는 버스가 일으키는 드라마틱한 메스꺼움을 이겨낼 수 있을 정도였다니까요, 정말로.

아, 맞다. 그것도 기억나네요. 늦은 밤 목적지에 도착하는 버스의 칠흑 같은 어둠과 반딧불 같은 좌석 등들 너머로 작별 인사를 하던 안내양 누나의 안내 방송 목소리 말이에요. 그때는 그게 어찌나 슬프던지, 저는 열린 차창 틈으로 들어오는 바다 냄새에 일부러 더 집중하려 했다니까요. 눈물 날 뻔했어요. 정말 슬펐어요. 멀어지는 기차처럼(상투적이지만 꼭 이렇게 비유하고 싶었어요).

그래도 그때는 옆에 엄마가 계셨어요. 피곤에 잠든 낯선

　　　　　　　　　　　　거리에서, 문득

아주머니 두 분이 데칼코마니처럼 옆에 앉아 계셨던 오늘의
서울역발 대전역행, 대전역발 서울역행의 KTX 여정과는 달
리 말이죠. 오늘은 그런 하루였습니다.

신촌 선언문

언젠가 나와 함께 길을 걷던 훈석 형이 내게 대뜸 물었다.(그는 90년대에 재즈 피아니스트 김광민과 함께 이른바 '버클리파 음악인'으로 가요계에 알려진 인물이다. 한동안 리드 사운드 녹음 스튜디오의 믹싱 엔지니어였으며, 그 후 '난장'이라는 기획사의 음반 제작에 관여했고, 최근에는 보컬 팀인 '스윗소로우'와 '메이트' 등의 음반들을 직접 제작한 바 있다.)

"너는 대중적인 음악이 어떤 거라고 생각하니?"

"글쎄요." 내가 대답했다. 그리고 물었다.

"형은 어떻게 생각하세요?"

"내가 생각하기엔, 많은 전업 작곡가들이 그것에 관해 오해를 하고 있는 것 같아."

그가 권태로운 오후의 빛을 올려다보며 말을 이어갔다.

"오해요?" 내가 물었다.

"적지 않은 경우, 멜로디나 코드 진행은 단순하고 반복이 되며, 각 코드에는 복잡한 텐션tension이 들어가지 않은 것이 대중적인 음악이라고 여기지." 그가 설명하기 시작했다.

"하지만 실제로 그런 곡들이 대중적으로 성공하지 않나요?" 내가 다소 냉소적인 태도의 질문을 던졌다.

"물론, 완성도가 떨어지는 곡들로 흥행에 성공한 작곡가들의 예도 없지는 않지." 그가 나의 냉소를 부드럽게 받아넘기고서 다음 말을 이어갔다.

"그런데 그런 요행이 계속 있을 거라는 작곡가들의 오해와, 그 오해를 바탕으로 상술에 찌든 곡들이 '대량생산'되는 것이 위험하다는 뜻이야."

"그러면, 형은 어떤 곡이 '대중적'인 곡일 거라고 생각하세요?" 내가 다소 성급하게 '결론'을 요구했다. 그러자 의외로 단순한 대답이 돌아왔다.

"들어서 좋은 곡."

"들어서 좋은 곡요…." 나는 형의 말을 반복함으로써 그 의미를 다시 물었다.

"음악을 감상하는 대부분의 사람들은 음악 이론을 그다지 많이 알고 있지 않지. 하지만, 그 곡이 아무리 이론적 복잡성을 지니고 있다고 해도 들어서 좋으면 좋아한다는 거야. 예를 들어, 비틀즈Beatles의 「예스터데이Yesterday」라는 곡을 생각해 봐. 이 곡은 국경과 세대를 초월하여 오랜 세월 많은 사랑을 받고 있지. 그런데 이 곡을 즐겨 듣던(는) 사람들이 과연 이 곡에 사용된 부차적 종속 코드Secondary Dominant에 대한 이론적 지식을 가지고 있을까?”

그는 잠깐의 침묵을 통해 여기까지의 얘기를 소화할 만한 시간을 내게 잠시 주었다. 그리고 다시 말을 이어갔다.

“이런 건 음악 전공자가 아니고서는 좀처럼 알기 힘든 사실일 거야. 하지만 사람들은 그 부차적 종속 코드가 자아내는 묘한 ‘분위기’를 이성의 개입 없이 순수하게 느끼지. 그들은 단지 그 소리가 좋아서 비틀즈를 좋아하는 거야. 그들에게 비틀즈의 음악에 내재된 이론은 낯선 기호이자 무미건조한 논리일 뿐이거든.”

“아, 듣고 보니 그럴 수도 있겠네요.” 내가 동의했다.

“사람들이 좋아할 소리를 ‘계산’으로 얻어내려는 음악인의 생각은, 어쩌면 음악이 사람에게 어떤 의미여야 하는지를 모르는 무지의 소산일지도 모른다고 나는 생각해.” 그가 말했다.

“대중은 그들에게 주어지는 음악이 어떠한 음악적 복잡성을 지니든, 어린아이가 점토를 반죽하며 놀듯이 있는 그

거리에서, 문득

대로를 느끼고 즐길 뿐일 테니까요." 내가 그에 동조하며 덧붙였다.

그러자 그가 선언하듯 마무리했다.

"대중은 세상의 어떠한 음악인보다도 훨씬 더 높은 음악적 수준을 지니고 있다. 그들은 얄팍한 상술과 계산으로 현혹할 수 있는 대상이 아니다. 그들은, 한 음악인이 그들의 가슴에 다다르는 무언가를 가슴으로부터 빚어내어 전해주기를 바라며, 언제든지 그것을 끌어안아줄 준비가 되어 있다."

나는 내가 혹시 그 무지한 음악인이 아니었을까 하는 생각에 가슴속 어딘가가 '콕콕' 쑤셔옴을 느꼈다. 훈석 형과 나는 겨울의 신촌 거리가 내다보이는 한식집에 들어앉아 콩비지찌개와 청국장을 '호호' 불며 먹었다. 그리고 이번에는 이성의 개입이 없는 음악의 무책임함에 관한 얘기를 나누기 시작했다.

김치 껌

학교에서 보컬 강의를 하고 있는데 국제전화가 한 통 걸려 왔다. 나는 학생들에게 잠시 양해를 구하고 밖으로 나와 그 전화를 받았다. 다른 때 같았으면 "수업 중이오니 끝나는 대로 전화 드리겠습니다." 하는 식의 자동 응답을 보냈겠지만, 이번에는 경우가 달랐다. 처가 어르신들이 일본 여행 중이셨기 때문에, 혹시 모를 사태에 대비하여 그분들의 전화는 잘 받아야 하는 상황이었기 때문이다. 하지만 저쪽 편으로부터 들려온 "여보세요."는 내가 예상했던 분들의 것이 아니었다. 그렇다고 미국 유학 시절 가깝게 지냈던 애린 아빠의 것도 아니었다. 그렇다면 이 국제전화는 과연 어느 나라에 있는 누구로부터 걸려온 것일까, 하는 의문에 나는 묘한 긴장감을 느꼈다. 그리고 그것이 요즘 기승을 부린다는 보이스피싱voice phishing인지도 모른다는 쪽으로까지 생각이 번졌다. 이와 같은 생각의 과정은, 나의 짧은 침묵을 야기할 수밖에 없었다. 상대방은 그것을 견뎌내지 않고서 다음 말을 이어갔다.

"규찬아, 나야."

나는 그것이 유정연(나의 선화예술고등학교 선배인 가요 작곡가) 형의 목소리임을 금방 알아차렸다.

"형, 오랜만이네요!" 내가 반갑게 대꾸했다.

"그래, 오랜만이다. 별일 없지? 혜원이도 잘 지내고?" 여기서 '혜원'은 나의 아내이다. 그는 내 아내의 데뷔 곡인 「쥬뗌므」의 작곡가로서 그녀와 오랜 인연이 있다.

"그럼요, 혜원도 잘 지내고요, 아들도 벌써 초등학교 4학년생이 되어서 건강히 학교 잘 다니고…, 모두 잘 지내고 있죠." 나는 대화의 매끄러운 진전을 위해 내 아들의 근황도 함께 전해드렸다.

"형은 어떻게 지내세요? 요즘도 미국에 계세요?" 내가 물었다.

"어, 나는 일본이야." 그가 짧게 대답했다.

"아, 일본에 계시는구나." 딱히 덧붙일 말이 없어서 나도 짧게 대꾸했다.

"미국에 있다가 한국 가니까 힘들지? 어떠니, 지낼 만하니?" 그가 물었다. 어딘지 모르게 시니컬한, 그것에 동조하는 대답을—의도하지는 않았겠지만—유도하는 것 같은 질문이었다.

나는 평소의 나답지 않게 너스레를 떨며 대답했다.

"아이, 형도 잘 아시잖아요. 한국 가요계에서 일하는 거…." 그렇게 말을 하고는 있었지만, 솔직히 나는 그것이 정확히 무엇을 의미하는지조차 알 수 없었다. 단지, '모범 답안' 같은 것만은—부드러운 대화를 위하여—피하고 싶었던 것 같다.

"형은 어떻게…, 잘 지내세요?" 내가 물었다.

"나는 내년(2015년) 4월에 한국에 '완전히' 들어갈 생각이야. 그렇게 됐어."

그는 우연히 듣게 된 친구의 근황을 전하듯 자신의 계획을 전했다.

"아…, 네." 나는 다소 무겁게 반응했다. 아마도 그가 한국의 모든 것을 뒤로하고 미국과 브라질을 오가며 (그리고 현재는 일본에 머물며) 지낸 지난 몇 년과 그 결정의 대략적 의도를 어느 정도 알고 있었기 때문인 것 같다.

그런 나의 감성적 반응과는 대조적으로, 그는 '쿨'하게 전화를 건 용건으로 넘어갔다.

탈모 치료제 광고의 배경음악으로 내 아내의 데뷔 곡인

「쥬 뗌므」를 사용하고자 하는 광고 제작사의 문의가 있었다는 내용이었다.

"사실 이 문제에 관한 결정권은 저작자에게 있고, 가수의 허락은 필요하지 않은 것이지만, 광고가 '탈모'에 관한 것이어서, 가수 이미지도 있고…, 그래서 도의상, 동의할 수 있는지를 물어보려고 전화한 거야. 혜원은 지금 통화가 안 돼서."

"아, 그렇게까지 배려해주셔서 감사해요." 내가 고마움을 표현했다. 하지만 그 문제는 직접 당사자인 아내에게 직접 의견을 물어주시는 게 나을 것 같다고 말했다.

"그래. 그러면 내가 혜원한테 직접 물어볼게. 내년에 한국 가서 보자."

"네, 그때 봬요."

그렇게 깔끔(?)하게 통화가 끝났다.

나는 다시 강의실로 들어가서 학생들을 마저 가르쳤다.

퇴근 후 집으로 돌아와 샤워를 하다가, 문득 탈모 치료제 광고에 흐르는 아내의 노래를 상상해보았다. 그리고 그 두 개의 이질적인 이미지가, 어떤 이유에서, 누군가의 머릿속에서는 '잘 어울리는' 무언가로 떠올랐는지 궁금해졌다. 왜냐하면 그 조합은 마치 신제품으로 나온 청국장 맛의 탄산

음료나 '김치 껌'을 보는 것 같은 느낌이었기 때문이다.

한 가지 확실한 건, 그 광고의 인상이 정말 강렬할 것 같다는 사실이다.

그 의외의 조합.

벌써 내 머릿속에는 그 이미지가 성공적으로 각인되었다. 아직 광고가 채 만들어지기도 전임에도 불구하고 말이다.

이소라의 발견

그러고 보니, 내가 가수로 활동을 해 온 지도 벌써 25년이나 되었다. 얼마나 오래했느냐가 얼마나 훌륭하냐로 반드시 연결되는 것은 아니지만, 나와 비슷한 시기에 데뷔한 사람들을 보면, 적어도 그들에게는 값진 것이 하나 남겨진 것으로 보인다. 세월만큼 쌓인 사람관계이다. 방송에 출연한 그들의 이야기에는 많은 주위사람들이 등장한다. 그리고 그 안에는 사람들 속에, 그 온기 속에 살아가는 그들 삶의 즐거움이 녹아 있다. 그런 장면을 볼 때면, "음, 사는 게 알고 보면 저런 거지."하며 고개를 끄덕이게 된다. 그래서인지, 요즘 들어 주위 사람들에 관해 떠올리는 일이 잦아졌다. 그 사람 자체보다는, 그와 함께 한 구체적인 일들이 기록 영화처럼 머릿속에 흐르는데, 그 느낌이 꽤 괜찮다. 최근에는 이소라(가수)가 떠올랐다. 엄밀히 말하면, 그녀와 함께한 그녀 앨범의 녹음과정이었다고 하는 편이 맞겠다. 꽤 오래전부터 나는 그녀의 앨범들에 보컬 편곡자이자 디렉터로 참여를 해왔는데, 그 당시에는 실감하지 못했던 뿌듯함 같은 것이 마음에 들어온다. 그와 동시에, 그때는 보이지 않았던 그녀의 음악적 직관(?) 같은 것을 뒤늦게 발견하며 놀라움을 느끼게 된다. 그것은 먼지가 내려 앉은, 내가 그다지 자세히 들어본 적 없는, 오래된 LP를 우연히 다시 듣게 되면서, "흐음, 이 곡이 이런 식으로 편곡되어 있었네?" 하며 새삼 그 음악적 매력을 발견하게 되는 것과도 같은 느낌이다. 앨범마다 그 녹음과정마다의 추억이 묻어나지만, 내게는 뭐니 뭐니 해도 그녀의 『눈썹달』 앨범 녹음이 가장 기억에 남는다. 그때처럼 '치열하게' 녹음을 한 것도 내 인생에서는 그리 많지 않았던 것 같다. (이렇게만 말씀 드리면 잘 와 닿지가 않겠죠? 그래서 그 당시의 상황을 묘사해보겠습니다.) 차를 몰아 서울 대치동의 부밍 녹음 스튜디오 앞에 도착하여 주차를 한다. 건물에 들어서서 지하 1층으로 향하는 계단을 걸어 내려간다. 녹음실에 들어서서 폭 2미터 가량의 복도를 따라 열두 걸음 정도 걸으면, 왼편에 C녹음실이 나온다. 콘솔 룸(녹음기사가 녹음의 전 과정을 관장하는 공간. 음향장비들이 설치되어 있다)에 들어서면, 엔지니어인 김영식 기사가 앉아 있다. 아직 이소라는 보이지 않는다.

나는 그에게 오늘 작업할 곡을 들어보자고 말한다. 평소 말수가 적은 그가, 대답 없이 그 곡을 튼다(그는 준비성이 철저해서 내가 도착하기 전에 모든 녹음 준비를 마치고 기다리는 편이다). 아직 아무에게도 공개된 적 없는, 그러니까 최근에 녹음된 신곡의 '따끈따끈'한 반주가 흐른다. 거기에는 이소라의 가이드 송도 함께이다(가이드 송은 반주녹음에 참여한 연주자들이 곡의 느낌을 알고서 연주할 수 있도록 하는, 말 그대로 '안내가창'을 말한다. 이 경우에는 대부분의 가수들이 가사 대신 허밍을 많이 사용한다). 나는 곡의 가창이 어떤 방향으로 이루어져야 할지에 관해 생각한다. 그리고 떠오르는 아이디어들을 테이블 위에 준비되어 있는 A4용지에 메모한다.

곡을 몇 차례 반복하여 듣고 있노라면, 녹음실 문을 열고 이소라가 들어선다. 그녀는 특별한 인사 없이 손에 들고 있는 종이 한 장을 내 앞의 테이블 위에 올려놓는다. 콘솔 앞의 김영식 기사에게도 또 다른 카피가 전달된다. 그것들에는 그녀가 준비해 온, 오늘 부를 곡의 가사가 적혀 있다 나는 그것을 읽어 내려간다.

내가 가사를 다 읽었을 즈음, 그녀는 나에게 그 가삿말의 배경을 설명한다. 그것은 가사의 화자가 처해 있는 상황과 마음에 관한 '스토리텔링story telling' 형식으로 이루어진다. 예컨대, 「시시콜콜한 이야기」라는 곡의 경우, 가사의 화자는 깊은 밤까지 잠을 이루지 못하고 있다. 사랑하는 사람의 마음을 알 수 없어서 안절부절이다. 그녀(그)의 옆에는 함께 지내는 친구가 잠들어 있다. 혼자서는 해결이 되지 않아서, 더 이상은 견뎌낼 수 없어서, 결국 친구를 깨우게 된다. '깨워서 미안해.'라고 말하기는 하지만, 정말 미안한지조차도 알 수 없을 만큼, 그녀(그)는 절실하다. 아직 잠의 여운이 채 가시지 않은 친구는 눈을 감은 채로 그녀(그)의 이야기를 듣는다. 어쩌면 얼마 지나지 않아서 다시 잠들지도 모른다. 그러나 그녀(그)는 친구로부터 자신의 문제에 관한 해결책을 원하는 것이 아니다. 단지 그녀(그)는 자신의 독백이 외롭지 않기를 바란다. 알 수 없는 곳을 떠다니며 표류하는 풍선을 닮은 그 마음을 붙잡아 매어 둘 무언가가 필요할 뿐이다.

　설령 그 '무언가'가 무념의 존재라 해도, 그녀(그)에게 그것은, 여전히 의존의 대상으로 기능한다. 가사에서 화자는 다음과 같이 읊조린다.

잠깐 일어나봐 깨워서 미안해

나는 모르겠어 윤오의 진짜 마음을

같이 걸을때도 한걸음 먼저 가

　　　　　　　　　　　　　　　　　　　　거리에서, 문득

친구들 앞에서

무관심할 때도 괴로워

많이 힘들어

요즘 자주 울어

맨 처음 봤을 때 가슴 뛰던 생각 나

헤어지긴 싫어

내가 좋아하는 거 알잖아

더 잘해달라면 그럴 거야

이러고 있는 거

나도 너무 싫어

…나머지 가사

이소라의 스토리텔링과 함께, 그것으로부터 나온 위의 가사를 읽던 나는, 하나의 생각에 이른다. 가사 속의 화자가 겪는 사실상의 외로움을 내버려두지 않기로 하는 것이다

그 방법으로, 화자의 말에 대꾸하는 친구의 말을 넣자고 제안했다. 그 인물은, 위의 가사에서처럼 화자와 한 방에 있지 않고, 수화기 너머 어딘가에서 그녀(그)의 이야기를 잘 들어주고 걱정하는 존재이다.

단, 친구의 말은, 단순한 '말하기'로 끝나지 않고 선율로 표현되어야 한다는 전제가 있다.

나는 원곡의 가사와 호응관계를 이루는 새로운 가사(대꾸하는 친구의 말)를 쓴다. 그리고 거기에 걸맞는 선율을 붙여서 이소라에게 들려준다. 그녀는 그것에 관해 잠시 생각한다. 그리고 녹음을 해 보기로 결정한다. 그녀는 가사가 적힌 종이를 들고 보컬녹음 부스로 들어간다. 부스 안에는 의자가 놓여있다(그녀는 주로 앉아서 노래녹음을 한다). 의자 앞에는 마이크와 보면대가 놓여있다. 부스 안은 깜깜하다. 빛이라고는, 보면대에 고정되어 그녀의 가사지를 비추는 작은 스탠드 불빛뿐이다. 의자에 앉은 그녀는 가사지에 무언가를 적어 넣기 시작한다. 종이에 닿는 연필의 '사각사각' 하는 소리가, 마이크를 타고 들어와 바깥의 녹음실 스피커를 통해 들려온다.

그렇게 얼마간의 시간이 흐르고 나서, 그녀가 보면대 위에 연필을 내려놓는 소리가 '탈칵' 하며 들려온다.

"자, 반주 한 번 틀어줘 봐." 그녀가 마이크에 대고 바깥을 향해 속삭이듯 말한다.

김영식 기사는 준비해 두었던 반주를 실행한다. 나일론 기타의 정적인 아르페지오가 콘트롤 룸의 스피커와, 부스

 거리에서, 문득

안에 앉아있는 이소라의 헤드셋에서 흐른다(이 곡은 오로지 클래식 기타 하나로만 반주되어 있다. 피아노나 현악기, 베이스나 드럼 등의 다른 악기가 합류되지 않은, 상당히 심플한, 그래서 감정선의 표현에 다소 한계가 있을지도 모를 '용감한' 편성이라 할 수 있다. 그러나 그녀는 기타와 그녀의 목소리만으로 이 곡은 됐다고 판단, 결정한다).

전주의 잔향 위에 도입부 첫 코드의 근음이 퉁겨지자, 그녀의 노래가 시작된다.

'잠깐 일어나 봐. 깨워서 미안해….'

이제 기타는 목소리의 뒷편으로 물러나, 반주로서의 역할에 충실한다. 혹은, 이소라의 목소리가 기타를 적절히 제압해 주었다고도 볼 수 있겠다.

그와 같은 호흡을, 그와 같은 음악적 태도를, 그녀는 이 곡 전체에 관통시킨다. 심플한 진정성. 그 과정을 통해 완성된 가사는 다음과 같다. 괄호 속의 말들은 내가 그녀에게 권힌 —멜로니를 붙인—가사이다(기회가 되신다면, 직접 그 곡을 들어보시면 디 공감이 쉬우실 듯합니다).

「시시콜콜한 이야기」

잠깐 일어나봐 깨워서 미안해

나는 모르겠어 윤오의 진짜 마음을

같이 걸을 때도 (거기 어디니) 한걸음 먼저가

친구들 앞에서 (혼자 있니)

무관심할 때도 괴로워 (어디 가지 말고 거기 있어 내가 갈게)

많이 힘들어 (지금 우는 거니)

요즘 자주 울어 (너 땜에 속상해)

맨 처음 봤을 때 가슴 뛰던 생각 나

(가슴 뛰던 너의 모습 알아 그렇게 힘들면 헤어져)

헤어지긴 싫어 (그렇게 안 되니)

내가 좋아하는 거 알잖아

더 잘해 달라면 그럴 거야

이러고 있는 거 (그 사람은 아니)

나도 너무 싫어 (매일 이러는 거)

걜 만나고부터 못 견디게 외로워

(못 견딜 게 세상에 어딨니 울어도 달라진 건 없어)

저울이 기울어 (조금만 기다려 응?)

나만 사랑하는 거 같잖아.

또 전화도 없고 또 날 울려

거리에서, 문득

노래가 끝나고 후주가 시작되면, 가창이 진행되는 내내 목소리의 뒤로 빠져 있던 나일론 기타 소리가 다시 전면으로 나선다. 그리고 곡의 후주가 이어진다. 기타의 마지막 여음이 사라질 때까지, 기타 외의 다른 악기 소리는 아무것도 들리지 않는다.

반복하는 말이지만, 한 번 정도는 악기편성에서 변화를 원할 법도 한데, 이소라는 처음 생각대로, 나일론 기타 아르페지오만으로 이루어지는 후주에 만족한다. 물론 거기에는 이 곡의 작곡자인 이한철 씨, 혹은 보컬 디렉터인 나의 의견도 포함되어 있지만, 최종결정을 내리는 것은 언제나 그녀 자신이다. 그 당시에는 그것이 모험처럼 보였지만, 시간이 흐르고 난 오늘 문득 그녀와, 그녀의 눈썹달 앨범과, 거기에 수록된 「시시콜콜한 이야기」를 들으며, 그녀의 음악적 선택에 고개를 끄덕이게 된다. 담담해서 어울리는, 과하지 않아야만 그 이야기가 오롯이 전달될 수 있는 음악적 말투를 그녀는 잘 알고 있었던 것 같다.

물론 녹음과정에서 모든 음절을 함께 들여다보며, 어느 것들에 꾸밈음을 써야 할지, 어떤 것들에 바이브라토vibrato를 증감시킬지, 또 거기에 어느 정도의 셈여림, 날 숨의 양을 사용할지에 관한 판단을 할 때에는, 담담함을 훼손하지 않기 위한 치밀함이 우리에게는 필요했지만.

각설하고, 추억할 수 있는 '치열함'의 기억이 나는 좋다. 그리고 그 기억의 중심에 있는 사람이 가끔씩 궁금해진다. 오늘은 가수 이소라, 작사가 이소라, 혹은 프로듀서 이소라를 떠올린다. 요즘은 어떻게 지내는지. 무슨 생각에 잠기는지. 그 정도 공유되는 추억이 있다면, 서로 왕래하며 지내도 좋으련만, 그녀는 그녀만의 동굴을 좀처럼 벗어나지 않는 것처럼 보인다. 아니면, 내가 바로 그 '동굴 속의 사람'인지도 모르겠다. 어느 쪽이건, 모쪼록 그녀가 건강히 잘 지내기 바라는 마음이다. 그리고 어느 날 잠에서 깨어난 그녀에게 새 앨범을 녹음하고 싶은 강한 열정이 엄습해 오길 바라본다. 그 핑계로 또 한 번 즐거운 음악적 치열함을 그녀와 함께 느껴보고 싶다.

 거리에서, 문득

CREATURES OF LIGHT

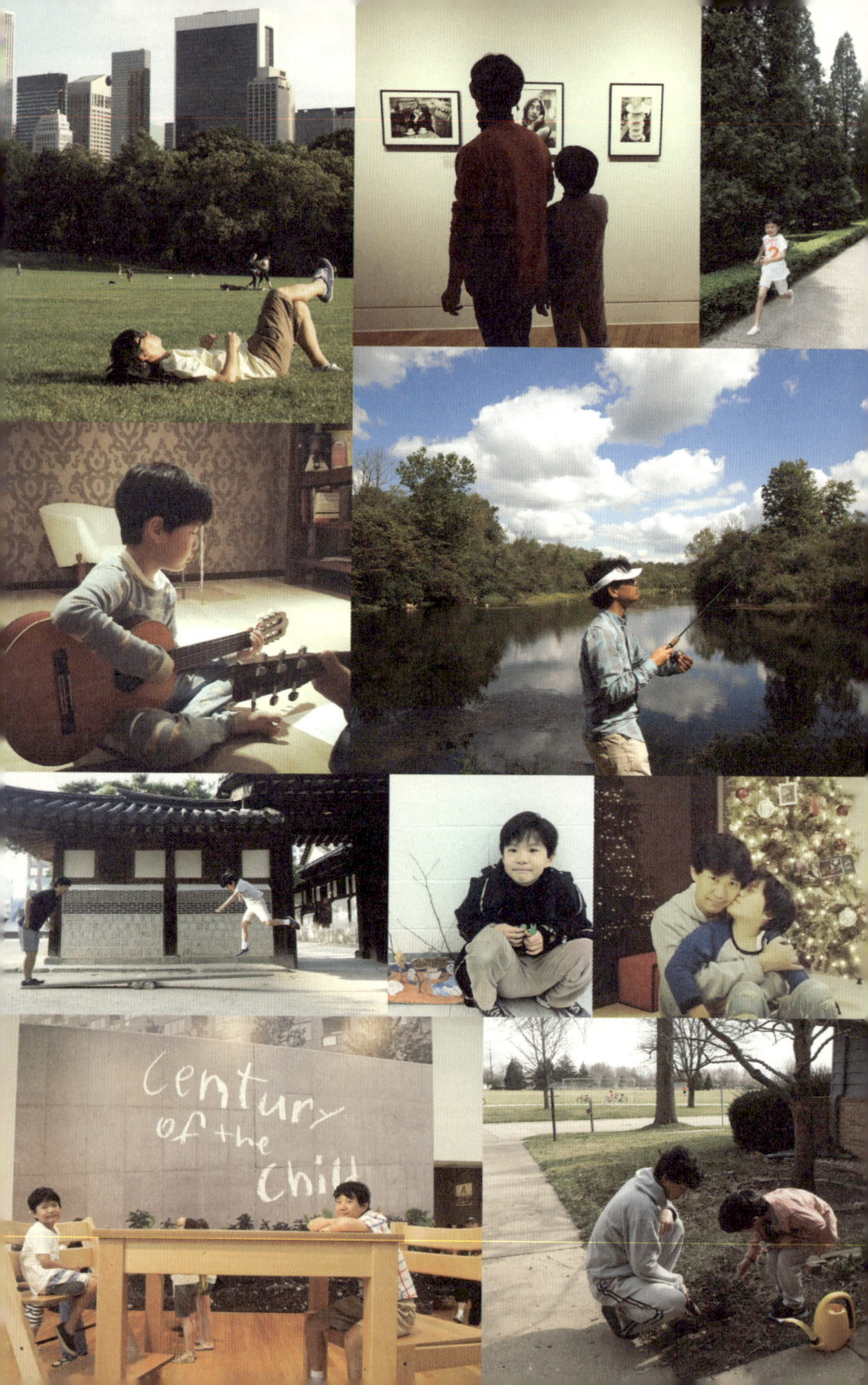

Century
of the
Chill